August Šenoa
ČUVAJ SE SENJSKE RUKE

August Šenoa
ČUVAJ SE SENJSKE RUKE

urednik
B. K. De Fabris

HRVATSKI📖KLASICI

PREDGOVOR

Minula je već koja godina otkako sam počeo se baviti hrvatskom beletristikom. Plodovi moji priopćeni su stranom u raznim hrvatskim listovima, stranom nijesu još tiskani. Odlučio sam sve to svrstati u jedno, popraviti, ukoliko bude od potrebe, istrijebiti sve što je nevaljano i nezrelo, i tako ispravljena moja djela izdati u zbirci knjižica. Ne bih toga činio, da me nijesu prijatelji na to nukali, da se nijesam uvjerio da je hrvatsko općinstvo mojim plodovima prijazno; tomu pothvatu obodrilo me je i to da su neke moje radnje prevedene u tuđe jezike (npr. "Zlatarovo zlato", na njemački, češki, poljski i mađarski; "Prijan Lovro", pako na češki i slovenski jezik). Rad sam da sav moj rad izađe na okupu, očišćen, popravljen, jer kad su ti plodovi onako rastreseni po listovima, mogao bi se još naći kakav literarni gusar, pa zaviknuti: "Ništa nisi uradio". A kad radiš svjesno, revno i ozbiljno, kad su tvoji spisi mnogima u volji, zaboljet će te ipak, kad kakva vrana grakne na te. U takvim knjižicama izdat ću svoje pripovijetke (do 24 na broju), zatim drugi put "Zlatarovo zlato", (jer je prvo izdanje rasprodano, a ljudi traže tu knjigu), a najzad zbirku izvornih i prevedenih pjesama. Preveo sam i mnogo novela i drama iz raznih jezika, ali tih prijevoda neću staviti u ovu zbirku.

U prvu knjižicu ove zbirke uvrstio sam historičku pripovijest "Čuvaj se senjske ruke", priopćenu godine 1875. u "Vijencu". O njoj da reknem koju. Mene se je ta uskočka epizoda silno dojmila kad, čitajući našu povijest, naiđoh na nju, te smjesta odlučih izraditi je poput novele. Stoga stadoh odmah kupiti historičko gradivo, te tražiti i potrebne potankosti. Znam da pripovijetka nije kronika, već umjetna cjelina koju oživljava tvorna sila pjesnikova, nu ne nalazim razloga da se pjesnik iznevjeri povijesti ako je ona po sebi zgodna i spretna novelističkoj izradbi. Prema tome sam za svoj roman "Zlatarovo zlato" učio što pomnije povijest i karakter one dobe, a to sam učinio i kod "Senjske ruke". Proučiv "Istoria degli Uscocchi" od Minuccija i Sarpija, Hurterovu "Geschichte Ferdinands II", Daruovu "Histoire de Venise", Kukuljevićevu "Povijest grada Senja", Ljubićeve podatke i listine o biskupu Dominisu, kao i karakteristiku toga crkovnjaka od dra Fr. Račkoga, upotrijebio sam i rukopisne izvore. Dobih naime od gospodina prof. Šime Ljubića neke policajne izvještaje mletačkih agenata, od gospodina Radoslava Lopašića pisma senjskih kapetana, od preč. gospodina kanonika Sokolića popis senjskih patricija, od gospodina majora Hreljanovića sve isprave, rodoslovlje i povijest vlasteoske porodice Hreljanovića, a kratku povijest slavne obitelji Daničića našao sam u arhivu grada Senja, u knjizi koju sastavi koncem prošloga vijeka zadnji muški potomak Daničića. Pohodio sam dakako Senj i Primorje, da mi bude pozorište moje pripovijesti živo pred očima, a u samom Senju zađoh u starinske kuće, da i tu pogodim karakteristiku. To su vam izvori moje pripovijetke. Pri kraju spomenuti mi je još jedno.

Pojedina lica karakterisao sam po činima, po izvorima, nipošto po mnijenju drugih, navlastito pako biskupa Dominisa, čovjeka u znanosti znamenita, ali u politici, sudeći ga po njegovim pismima, prosta agenta i uhodu mletačke republike.

U Zagrebu, na izmaku mjeseca travnja 1876.

August Šenoa

I.

Bilo popodne u kasnu jesen. Starcu Vratniku bila se glava obavila bijelim oblakom. Sa visina gruvala bura, kanda će polomiti drevno hrašće oko Senja, kanda će senjske kule pobacati u more. Tjesnac morski među hrvatskim žalom i otokom Krkom kipio od bijesa. Dokle je oko seglo, osulo se zeleno valovlje bijelim skorupom, bura kopala se ručući, gruvajući, cvileći, fijučući u slane glibove, dižući pod nebo grdne oblačine vodenih kapi štono se o suncu krijesile, kanda bog sipa u vodu sav dragi kamen raja nebeskoga. Od samih sjajnih kapi nijesi mogao razabrati drugoga brijega; da, duž cijelog tjesnaca ne bijaše vidjeti mletačke ormanice ili fuste, koje inače i za bure vrebahu na vražje uskočke barke.

U gradu Vrbniku, štono se nad morem bjelasa na otoku Krku baš naproti frankopanskomu kaštelu Novome, stajaše za prozorom zadnje kuće djevojka jaka, snažna. Neće biti navršila šesnaest godina, ali na mladom, premda finom licu, pokazivalo se, začudo, puno tvrde volje, iz crnih joj očiju sijevalo je neko osobito junaštvo. Djevojka, u crno sukno odjevena, gledaše vrlo pozorno u to pusto, valovito more, u taj gromorni metež, kanda joj oko nešto uvrebati radi. Čas je natezala drobnim prstima zlatni križić što joj visijaše o vratu, čas gladila je punom rukom crnu glatku kosu. Prsi joj se nadimahu silovito, iz oka sijevnu kadšto suza na crne dugačke trepavice. Ujedanput pojavi se na pragu druge sobe starica, odjevena u crno, sijeda, grbava, lica nagrešpana, ali dobroćudna. Složiv ruke na trbuh, stane starica pod vratima, te stade brižnim okom gledati djevojku.

— Dume, ču li me, Dume! — propenta starica plaho.

— Šta je, teto? — krenu djevojka nekako zlovoljno glavom.

— Nu reci, Dume moja, jesi li smislila štogod o onom. -

— Ne dirajte, poboga, u to, teto — mahnu Dume zlovoljnije rukom, stegnuv guste obrve — ne dirajte, velju, u tu zlijed. Kako ću smisliti, kad o tom i misliti ne smijem. I čemu? — okrenu se opet prema prozoru.

— Ali bi ipak dobro bilo — nastavi starica: — mletački gospodin! A? Ne namjeri se svagdan koza na zelen list, ne nađe djevojka svagdan plemića. Ipak bi dobro bilo.

— Teto! — okrenu se djevojka odvažno — ne trošite mi više meda za taj kolač, meni ga lje ne osladiste. Otrov te otrov. Gospoština! Čemu meni to? Nije me majka za to rodila. Ne srdite

se. Dobra je vaša volja. Sama sam, vi ste mi otac i majka. Pusti-
te predobro, kad je dobro. Čemu, rekoh, čemu? Lipše li nam
svagdanja korica? Ima je, hvala bogu, stariji mi namrli kuću,
smokava, maslina, vina, stoke, i broje me u pobolje baštinice.
Ne ištem gospoštine, a najmanje kad me njom nuđa onaj blije-
di suhonjavi Mlečić.

— Ali dobar ti je, pa jednom valja da je djevovanju kraj.

— Lako za moje djevovanje. Ima kada, pa i nije sramota.
Dobar mi je! Ali ja mu nijesam dobra. Recite vi, poboga, neka
srce ovako bije, a ne onako, kad neće i neće — — -

— Opčuvala te sveta Lucija — namrgodi se starica — tebi se
kreću jedra po drugom vjetru, i po zlu vjetru. Šta će svijet? Bit
će sramota. Valjda nećeš... opčuvao nas sveti Antun -

Djevojka osovi glavu. Življe joj planuše oči, i odvažno progovori
prekrstiv ruke:

— Sramota? Po čemu mislite, sramota! Nije li veća sramota
pred bogom se komu zakleti: "Ljubim te", a ti ga mrziš? Šta me
slijećete? Ja ga neću.

— Ali tvoj skrbnik, kum Niko, sve je ovako sa gospodinom
Vittoriom udesio, i on će danas doći u prosce.

— Znam — nasmjehnu se djevojka, virnuv ispod oka na more.

— A ti?

— A ja? Ja ću reći: Neću i neću, jer ne dam gaziti svojega sr-
ca, a ja ću reći gospodinu Vittoriju nek traži mladu gdje ga vo-
lja, pa kad je kum Niko sve udesio, nek se on uda, ja, živoga mi
boga, neću!

U ovaj par čuli se na stubama koraci, i zamalo uđe u sobu
čovjek visok, suh, blijed, crna oka, malene brade. Bijaše odjeven
na gospodsku crnim baršunom. Po uskom šiljastom licu, po
zavinutom nosu vidjelo se, da nije otočanin. Premda ne staro,
ne bijaše mu lice mlado. Koracao je polagano, klanjao se dubo-
ko, smiješio se slatko i glatko, ali srce mu nije znalo ništa o
slatkom posmijehu.

— Signora, signorina! — pokloni se — oprostite, što malo
zakasnih. Idem iz grada Krka, gdje sam se bavio po važnim po-
slovima, a bura nije mojemu konju dala ni disati. Ali što kasni-
je, to bolje.

— Sjednite, signor Vittorio — stade se starica vrtjeti po sobi,
obrisav rupcem stolicu — sjednite. Da, bura, zlo je vrijeme, op-
čuvaj nas bog i sveti Antun. — Došljak sjednu. Na jedan čas
umukoše svi. Starac pogleda staricu, a ona slegnu ramenima,

zatim pogleda djevojku, ali Dumi otimahu se oči za bjesnilom bure.

— Gospođice — nastavi Vittorio — eto me ovdje zbog vas. Ja sam kod suda sve uglavio sa Nikom, i valja sreći udariti samo pečat. Ako i nijeste punih ljeta, opet sam rad čuti i vašu riječ, nek se ne reče da je sila. Vidite, dobra sam roda sin, i kako vjerno služim presjajnu Republiku, prost mi je put do veće gospoštine. I vi ste plemenita roda kći. Dijelite sa mnom sreću i budite za čim mi se srce otimlje već dugo vremena, budite mojom.

Djevojka stupi pred Vittorija, prekrsti ruke na prsima i ošinuv ga velikim sjajnim okom, reče ozbiljno:

— Nikad!

Mlečić problijediv, skoči na noge.

— Nikad, velite? — odvrati drhtavim glasom — je li mletački plemić zaslužio tu riječ od vas za svoju odanost, za svoje poklone? — Je li Dume migom pokazala mletačkomu gospodinu da su joj ti glatki pokloni mili? — zapita djevojka.

— Mletački je plemić mislio — nastavi dršćući Vittorio — da djevojka od stida ne smije odati srca, mletački je plemić mislio, da djevojka neće biti toli luda da odbije čast poći za svoga gospodara.

— I ta djevojka veli vam — odgovori krepko Dume — vama, mletačkomu plemiću: Nikad!

— Lijepo li pripraviste djevicu, signoro Marto — okrenu se Vittorio porugljivim posmijehom dršćućoj starici.

— Ma jesam, poboga, ali slomite gvožđe — promuca kroz strah Marta.

— I slomit ću ga! — kriknu Vittorio bijesno — zaludu se priječiš, djevojko luda! Dijete si jošte, ne smiješ imati svoje volje. Moram te imati, moram. Da te još pitam? Ovo je mletačka zemlja. Gospodaru svomu moraš se klanjati ako nećeš ženom, ali ćeš ljubovcom. Moraš — — — Mlečić skoči za mladicom. Oči mu se krijesile kao risu, lice problijedilo na smrt, usnice drhtale kao od groznice.

Djevojka uzmaknu. Blijeda, dršćući gledala željno, oh, željno u more, a more je grmjelo, kipjelo, vrelo, kao da će poplaviti nebo, raznijeti zemlju. Prestravljena uhvati se Dume za srce. Ali uto pojavi se pod prozorom dječačić pod crnom bodulskom kapom. Dignuv se na prste, naheri glavu prema prozoru, pljesnu dlanima, kimnu glavom i odleti. Krv skoči djevojci na lice. Mlečić ju uhvati za ruku. Uto pojavi se usred burnih talasa crna tačka — barka.

9

— Ah! Slava ti, bože! — kliknu djevojka i baciv bijesnog Mlečića od sebe ko zmiju, osovi se smjelo i zaviknu:

— Vittorio Barbaro! Plemiću mletački! Nikad tvoja biti neću — ču li me: Nikad! — I opet se skupi Mlečić, ali djevojka odjuri iz kuće. Starica se plačući križala, Vittorio stiskao pesti, i kriknuv:

— Držite je, ljudi! Poludjela je! — pohiti za djevojkom.

Silovitije duvaše bura. Poput morske zmije bacali se bijeli talasi na brijeg, tvrde se hridine tresle pod bijesnom nalogom mora, a kroz sumrak cvilio cvijel da će ti prorezati srce.

Uz klis niz klis, uz kamen niz kamen letjela djevojka bez duše, bez glave prema obali morskoj. Vihor joj odnese rubac, bura joj se zaplitala u crnu suknju, kosa joj letjela vjetrom, postole joj padoše s nogu, tvrdi je grič obrani, ali ona je letjela šireći bijele ruke, letjela kao srna, kao lastavica, kao zvijezda k moru, k obali morskoj. A za njom hujila bura, kao da piska trista zmija otrovnica, a nad njom grmjeli vjetrovi, kao da se smije trista paklenih duhova, a za njom letio sa četom Vittorio, jadovit, sliep, mahnit, bijesan, kriješteći:

— Ljudi! Dižite zublje! Drž'te djevojku! Poludjela je!

Već se hvatao mrak. Na jasnom nebu sinu zvijezda za zvijezdom, na nebo skoči mjesec prosipljući zlato svoje na široko razjareno more. Po valovlju munule tisuće munja. Jače popuhnu vjetar, jače planuše crvene zublje Mlečićeve čete.

— Za njom! — kriknu Vittorio — eno je, na rtu stoji, dalje ne može. Za njom!

Na rtu do mora stajaše djevojka, držeći se desnom rukom Litice, lijevom zaklanjajući prsa. Vihor joj raznosio kosu i haljine. Ali čuj! Od mora čuo se kroz gromor valova klik. Gle, na divljoj pjeni ljulja se barka sad uz val, sad niz val — sad — sad ju pokrilo more, ali eto je opet čitave, eto, gdje se primiče rtu sve bliže i bliže.

— Santa Trinita! — viknu Vittorio — jeste li vidjeli onu barku? Ta vozi li se sam sotona po moru u šetnju? Svetoga mi Marka, tu se plete prokleta mreža. Da nije — brže, junaci! Još niz ovaj hum! Eno vam rta! Djevojka ne može nikamo! Brže, junaci!

Silan talas odmaknu barku podalje od kraja. Užasom opazi djevojka, kako joj se crvene zublje krvnika Mlečića sve više primiču, užasom opazi, kako tri čovjeka u barki zaman rade pritisnuti se kraju. — Sad — sad će je uhvatiti. Ujedanput je nesta sa rta. — Spustiv se s kamena niže žala, zavuče se bijedna

10

u duplje što ga je bilo izdublo more. Tu pritisnu glavu uz studenu hrid, sklopiv oči, prekrstiv ruke, šapćući molitvu, a oko nogu joj je kipjela morska pjena.

— Upri, sokole! upri! — ozivao se iz bure gromoran glas; talas dignu barku, primaknu je kraju, ali uto osovi se u njoj grdna ljudina, zagrli objeručke tvrdu liticu i privuče se tako kraju pod rtom.

— Dume! dušo! — kliknu junak — evo me! Dođi na moje junačke ruke, da te otmem krvopijama! Da je pakao zinuo, bio bih došao po tebe čuvši crne poruke. Junaci, pripazite da nam more ne odnese barke. — Dođi, dođi, desno krilo moje, dođi! Djevojka klonu bez sebe na ruke junaka, a ovaj je ponese u svoju barku.

— Stan'te! — zagrmi uto glas sa rta, Vittorijev glas. — Djevojku dajte, razbojnici!

Bez svijesti stajaše Mlečić, a do njega gledaše se u čudu četa seljaka i arbanaskih plaćenika.

— Tebi da je dam, kujin sine? — nasmija se grohotom iz barke junak — na ti druge jabuke, mletačka kučko! — Puška planu, Vittorio klonu na koljena, a junak zagrmi:

— Ta ti jabuka od Juriše Orlovića, vojvode senjskoga. Uprite, sokolovi, u ime boga i svetog Nikole!

Barka se otisnu od kraja. Arbanaški vojnici izbaciše za njom puške. Badava. Nestade je među talasima. Silnije i silnije brujila bura, silnije se prašilo more, a nad njim drhtala zlatna mjesečina.

II.

Brojila se godina 1600. po Spasu. Glatko more prolijevalo se poput zelene svile, a mlado svibanjsko sunce sipalo je svoje zlato u valove hrvatskog mora, preko otoka Krka, Raba i Prvića; svibanjsko sunce prostiralo se nad stare zidine i kule Senja grada, kojino, ovjenčan gustom hrastovom šumom, mrko stajaše stisnut u zaklon među glavicama Vratnikom, Orlovim Gnijezdom i Trbušnjakom. Osamljena bijelila se do mora van zida crkvica "Sv. Marije na rtu", sigurno utočište pobožnih mornara, ponosito uspinjala se kula svetoga Save, a na glavici nad gradom sjeđaše kao orletina nad gnijezdom tvrda gradina "Nehaj", koju je slavni hrvatski junak Lenković prije četrdeset i dvije godine podigao bio proti osmanlijskomu bijesu — i, recimo pravo, proti krilatomu lavu. U senjskoj luci stajaše nešto barka, dvije-tri li lađice. Pa nije ni čudo. Dok su inače jarboli vrvjeli po ovom morskom zaklonu, idući iz Rijeke i Trsta, polazeći u Jakin i Levanat, sad nije smio jadni trgovčić ni da izađe u tjesnac morski, nije smio ni da doveze dva-tri barila vina iz Vinodola. Mletački brodovi bješe zaokupili sav tjesnac, i dobro si mogao s daljine razabirati bijela im jedra; mletački pomorski vojskovođa vrebao je kao krilati zmaj na svaku nemletačku barčicu, da je nemilim noktima ugrabi, i da mornare, ako je lađa Senjkinja bila, objesi na krstu svoga broda, ne bi li time stekao vječnu slavu pred silnom gospodaricom, prejasnom Republikom mletačkom, koja je imala samo jedan trn u svojoj peti — "proklete" Senjane Uskoke. Ta, ako je bilo minulo osam godina, svaka je senjska majka znala pričati kakvi da su krvopije Mlečići, kako je proveditur Almoro Tiepolo sred tiha mira prosuo bio svoje topove na pitomi Bag, i kako je, osvojiv na prijevaru grad, dao razbojski objesiti kapetana, poručnika i dvadeset valjanih junaka. K tamu zijevahu sa tvrđice Sv. Marka na Krku grdne lumbarde, a što je najgore bilo, Mlečići ne uzdajući se više u hrvatske i dalmatinske vojnike svoje, namicali sve to više plaćenika Arbanasa, ljutih krvnika bez duše.

Divno sjalo je sunce dne 18. svibnja 1600. nad Senjom, ali u Senju bijaše sve mrko i neveselo. Po uzanim ulicama prolažahu pod kalpakom i oružjem mrki ljudi, zaustavljajući se hrpimice, raspravljajući živo i žestoko; besposleni mornari sjedeći na praznim bačvama, psovahu dozlaboga, dva-tri pristara vlastelina stajahu pred fratarskom crkvom, ispod zabrinuta oka gledajući za četom oružanih Uskoka; ženske što stajahu po "balaturama" pred kućama križale se neprestano, mahale rukama, i bilo šaptanja i šaputanja bez kraja i konca.

U uličici kojom se ide od kaštela prema moru stajaše kuća uska, siva, visoka. U toj kući pri zemlji bijaše krčma, ili bolje reći, mrko presvođeno duplje, u kojem ne bi bio čovjek vidio u pol bijela dana ni prsta pred nosom, da nije tu danju i noću gorjela uljenica, rasvjetljujući nekoliko drvenih klupa i stolova, nekoliko bačava i četu mrkih gostiju. Gospodar toj krčmi bijaše "Crni Niko", rodom Lošinjanin. Pred mnogo godina zavede mu mletački poručnik mladu ženu. Niko proburazi Mlečića nožem, prebjegne iz Lošinja u Senj i tu bude krčmarom.

Po duplju "Crnoga Nike" razlijegao se mukli žamor. Upirući se o lakte, sjeđaše za stolovima čudno društvo, ljudine krupne, plećate, ošišanih glava, dugih brkova, žućkaste puti, sjajnih crnih očiju. Na glavi im stajahu kape od janjećeg krzna, podšivene

12

crvenim suknom, za pojasom blistao se nož, sa ramena visio im sur gunj, a do zida za njima sjajile se duge puške. Svi ti ljudi upirahu oči u čovjeka što je sjedio čelo stola do stupa pivnice. Bijaše to garav svat, tamna, žuta, nagrešpana lica, visoka obla čela, nad kojim se je bijelila kosa kao planinski snijeg. Nad crnima očima savijale se guste bijele obrve, a pod krupnim nosom spuštali se brci kao krila labudova. Na širokim prsima sijevale mu krupne srebrne toke, a za pojasom srebrom okovane male puške. Starac stavi kalpak preda se na stol, otre znoj sa čela i podignu glavu.

— Ded, vojvodo! — prihvati iz kuta Pero Radaković, nižak mrkonja debele ošišane glave — ded pričaj, je l' prava istina što ide po narodu? Da nas krenu? A Trista im — !

— Za istinu pitaš me, Pero? — odgovori sjedoglavi starac, vojvoda Pavle Milovčić. — Bog zna što je istina, a gospodi prilijepio se jezik uz nebo, da im ne utekne na zube što im se po mozgu mota. Nu to se tako od tjedan prosulo među puk, ne zna se kako, pa znaš, sinko, svaka šala pol istine!

Uto pomoli se iza bačava oblo, crveno, obrijano lice pod crnom kuštravom kosom. Male se oči zakrijesiše, široke obrve se skupiše, i na tanki nos provali čudan smijeh.

— Ha, ha, ha! Pero Radakoviću, brkat si, ali kako ludo pitaš, reć bi da još piješ majku, a ne sisaš moje, "Crnoga Nike" vinske mješine. Istina, je l' istina? Zmija ti sisa krv, a ti još pitaš, je li žedna. To si valjda izbrojio na prste da Mlečić voli Uskoku kao i vrag tamjanu. Gdje, pitam te, ima mletački jarbol o kojem nije visjela senjska glava? Bolan Pero! Čuj što ti vele moja barila! Dum, prazno! Dum, prazno! Prazno i prazno! Ni da posrkneš svoju kapljicu jutrošnjicu i večernicu. Sve prazno, brate, jer Mlečići ne dadu da ti šajke po moru idu po vino i kruh. Pa ded, Pero, preori naš grič, ili oberi grožđe na Vratniku. Bome ti glava kao i moja barila. A plaća iz carske kese nekako sporo kaplje.

— Šta kaplje? — zakrči mu bližnji vojnik riječ — reci, kesa se presušila. Govore nam: Bit će, djeco, novaca, bit će sutra i prekosutra. Bit će gaće, ali kad će, a mi zapiši svoj račun za uho i stoj kao rosa na listu.

— He, vidiš, dragi brajane — odsmiješi mu se krčmar — daleki putevi od Graca do Senja, daleki putevi, slabi jarmovi. Pa bogzna nije li se putem koja vreća cekina prosula, a u njoj upravo tvoja plaća bila.

— Dosta šale! — lupnu Pero šakom po stolu — da šutimo, da mirujemo, kako nam pišu. Pa reci, ne odrubi li mletački general Giustinijan nedavno sedamnaest naših glava, pa ih istaknu u Veneciji na trgu, a dječurlija i bake rugale se našoj junačkoj braći? Kuga ih podavila, jer nijesu bolji od Turaka. Lijepih mi krstova, kojima je duša vučjom dlakom podšivena.

— Ta ti je mudra bila — odvrati crni Niko — evo ti vrč vina, pa mi ga plati kad dobiješ carsku plaću. Ali vam velju, djeco i junaci, svetoga mi Jure, ne trubi crni Niko u vražji rog. Velju vam, skupite pamet. Nijesam toga pobrao s masline, već kanda je pred vama pod pečatom. Mijesi vam se kolač, a u njem ima otrova. Kane vas podaviti kao miševe; ali šta podaviti? Ja znam, hoće da vas svezane predadu Mlečićima, neka vas povješaju, neka vas natiču na kolac, neka vas prikuju uz veslo mletačko. Živoga mi boga, to vam se mijesi.

— Zar tako! Zar to? — zagrmi družina lupajući po stolovima.

— Neće, tako nam časnoga krsta! — skoči Pero na noge — neće, dok nam je živa na ramenu glava. Vojvodo! Povedi nas kapetanu, da čujemo šta je!

— Povedi nas! — zaori cijela četa.

Već se je bio vojvoda Milovčić digao da povede četu, ali uto pojavi se na pragu visok, zoran junak, široka čela, orlova nosa, dugoljasta lica. Sudeći po sjajnom odijelu i oružju, bijaše i on vojvoda Senjana Uskoka. Kako zađe među družinu, planu mu crno sumorno oko, pojaviše mu se kao kroz lagan smijeh ispod crnih brkova gusti bijeli zubi. Staviv desnicu na nož o pojasu, progovori jasnim blagim glasom:

— Kamo naumiste, braćo? — Ali mjesto odgovora odazva se četa u jedan glas:

— Zdrav nam bio, vojvodo, Jurišo Orloviću!

I opet se nasmjehnu junak, i opet zapita:

— Pitam, kamo ste naumili, junaci?

— Do kapetana, brate! — odgovori stari Milovčić — dođoše glasovi da nas i djecu i žene kane maknuti iz Senja u Otočac, a neki vele da nas kane predati Mlečićima pod roblje. Pa bi sramota bila, ali puške mi moje, neće, ili ne okusio više zrna soli.

— Budite na miru, braćo — odvrati Juriša Orlović — valjda me znate da sam vaš. Vaša duša, moja glava. Budite na miru, velju. I ja sam i ovdje i ondje ugrabio crnih glasova, ali po duši ne znam šta je istina, šta li je laž. Nu eto, nema pol ure, dojedrio iz Rijeke biskup Antun, pa odmah pozva našega kapetana k sebi da mu saopći dobre novine.

*

Dok je vojvoda Juriša Orlović tako mirio svoje junake, rasplitao se u starom biskupskom dvoru vrlo živahan razgovor. U malenoj sobici sjeđaše za pisaćim stolom crkovnjak, odjeven u modro biskupsko odijelo. Bijaše mu po prilici četrdeset godina. Uglasta kapa od svile zaklanjala je fino, visoko čelo; lice glatko suzilo se prema bradi sve većma, jaki nos bje iznikao baš ispod čela, pod kojim plamsahu do dvije žive žeravice — do dva crna oka. Iz toga glatkog, ali oštrog lica, obrubljenog dugom smeđom bradom, mogao si razabrati dvoje — razum i strast, a taj crkovnjak bijaše "izabrani biskup senjski" Antun de Dominis, Rabljanin, sin hrvatske zemlje a talijanske majke. Biskup igrajući zlatnim krstom na prsima, zabadao je svoje nepomične oči u vojnika koji je naproti njemu sjedio. Čovjek taj bijaše jak, pun, žilav. Pod kratkim čelom stojaše mu širok nos, oblo lice, urešeno tankim brcima i španjolskom bradicom. Duga, ne gusta kosa, razdijeljena u dvoje, padaše mu na bijeli vezeni ovratnjak. Čovjek bijaše odjeven zobunom od crne kože, žutih rukava, na nogama mu visoke žute čizme, a na lijevoj strani spuštao se o bandaljeru dugačak mač. Na lijevoj strani prsiju imao je vojnik tri srebrnom žicom izvezena križića. Dok je biskup sjedio, pomicaše se kapetan živo na svojoj stolici, srdeći se možda biskupovu miru.

— Reverendissime! — reče stisnuv male oči — oprostite mi, ali moralo je biti. Znam da vam je bilo teško ostaviti Rijeku, i da ste se i ondje bavili važnim poslom, ali nadam se da će vam se i u Senju nuditi prilika da poslužite dobro i cara i nadvojvodu. Govorim vam iskreno, kao vojnik, sluga carev, a vama govorim, jer sam mnogo čuo o vašoj mudrosti, pa znam i to da ste radi ovomu gradu povratiti mir. Zato sam upravo vas zvao. Ja već nijesam jak obuzdati svojih ljudi. To je upravo pobjesnilo. Iz Graca mi pišu neka Uskoke držim na uzdi, da se tako mletačkomu vijeću otme prilika pritužbama. A kako ću? Senjski Uskoci imaju dobiti na godinu deset tisuća dukata, ali ne dobivaju ih. Sve nam dolaze prazni listovi, a ovdje sjedi među zidinama osam stotina ljudi gladnih i žednih, sa ženom i djecom, osam stotina vojnika, neviklih plugu, sjedi na kamenu bez groša. Mletačke lađe brane svaki privoz kruha i vina. Mlečići vješaju bez obzira svakoga Senjanina, pa opet se traži neka ti ljudi vojuju na Turčina. A sad je netko — ne znam tko — rasuo glas da će se cijela uskočka vojska rastepsti, izagnati iz Senja. Ne vjerujem toga; valjda nije vlada slijepa te će se sama lišiti toli junačke desnice, gdje Venecija osvaja isključivo gospodstvo na

Jadranskom moru, gdje vreba na Furlansku i austrijsku Istru. Pa kad je to sve tako, je l' čudo, pitam, da ti ljudi trgaju uzde, da katkad provale noću na barke, pa ugrabe ovdje ili ondje koju glavu mletačke stoke, ili da otmu lađicu dalmatinskoga vina? I u mene teče talijanska krv, ali vojnik sam, i pravičan sam, pa znam da je pod tom tvrdom korom zdrava jezgra, da je u tih ljudi zdrava, poštena srca — pa da njih nema, da od senjske ruke ne strepi Osmanlija, ne bi se po ovom žalu vijala carska zastava, ali ne bi bome ni mletačka bandijera lepršala nad dalmatinskim gradovima. I uistinu daje mi se nažao kako je sav svijet digao hajku na moje Uskoke. Opaziv kako im je upravo dogorjelo do nokata, da ne mogu biti ni živi ni mrtvi, pisah vam, prečasni gospodine biskupe! Ta vi ste napokon tu biskup, pa ako se i rodiste na Rabu, na mletačkom zemljištu, opet teče i u vašim žilama hrvatska krv — kao što i u ovom narodu. Vi ste se, kako sam čuo, o tom dogovarali sa gradačkim i praškim ministrima, pa ćete i lijeka znati. Zato vam pisah, zato vas molim i zaklinjem, učinite nešta da se taj bijedni narod umiri i da mu se život poboljša. Ja sam ministrima sto puta pisao, ali uvijek bi mi odgovorili: Umirite četu svoju, zasad nema novaca. — Lijepa doista nauka! "Miruj, vjerni narode, pa grizi kamen!"

Biskup je kraj tolike hvale Uskoka sve življe igrao sa zlatnim krstom. Kad je Danilo Barbo svoje živo pripovijedanje svršio, prihvati de Dominis van reda prijateljskim glasom:

— Hvala vam, gospodine kapetane, velika vam hvala. Nemam vam šta oprostiti, pače valja mi hvaliti vašu mudrost da ste me amo pozvali, ne bi li buru utišao. Ne mislim doduše o Uskocima, kao što vi, niti ih toliko slavim. Ja tu stvar gledam mirno s daleka, a vama koji živite među tim narodom čini se koješta posve naravski, što drugi ljudi smatraju barbarstvom. Ne pozivljem se ja na Mlečiće, kojima Uskoci dakako u volji biti ne mogu, ali uzmite na um šta o njima pisa sveti otac Kliment VIII caru Rudolfu, neka riješi svijet te napasti, uvažite kako i kralj španjolski nuka cara na veću strogost, pa i samim savjetnicima cara je taj metež dozlogrdio. Jesu ti vaši Senjani divljaci, jesu. Zovu ih branikom kršćanstva, i da se Turčin plaši njihova imena. Nu pitam vas, mogu li Mlečići drukčije raditi kad Uskoci nemilo harače po moru otimljući stoku, djevojke, robu, ništeći sela, vinograde, masline? Može l' Republika mirovati kad joj se svaki dan Turčin grozi da će mu brodovlje provaliti u Jadransko more, ako sama ne istrijebi senjske gusare. Bio sam za tim poslom kod cara Rudolfa u Pragu, bio i kod nadvojvode

Ferdinanda u Gracu, govorio sam mnogo o tom sa ministrima i trudio sam se mnogo sa carskim poslanikom Rossijem u Mlecima, kako da se toj nevolji lijeka nađe. Nu čovjek snuje i bog boguje; a najveće je zlo da je praška i gradačka kesa prazna. Ali uza sve to ne zdvajam. Odlučio sam taj posao izvesti na kraj, to bijaše mi prva misao kad me zapade senjska biskupija, i hoću da spasim meni bogom povjereno stado, hoću da se povrati među kršćanske vlade mir i pokoj.

— Hvala, reverendissime, sto puta vam hvala — pokloni se kapetan iskreno — velika će to biti zadužbina, ali kako? — — U taj par čuo se silan štropot i žamor. Kapetan skoči k prozoru da vidi šta je, a i biskup se dignu naglo. Maleni trg pred starim biskupskim dvorom i pokrajne ulice bile se napunile mrkih, zlovoljnih Uskoka. Kalpak do kalpaka, duga puška do puške stiskale se tu. Oči nemirne čete upirahu se u prozore biskupije, a iz nejasnog žamora ozvala bi se kadšto pokoja krupna riječ. Biskupovo se lice smrknu, ali mu se oči ipak radoznalo otimahu za tim buntovnim čoporom. Ta donle ne bje vidio na okupu toliko Uskoka.

— Dođoše, bez sumnje, po mene — prihvati ponešto od neprilike kapetan — da čuju kakve im glasove nosim.

— To su dakle ti ljudi — nasmjehnu se biskup nešto porugljivo — zbog kojih sva Italija govori: "Čuvaj se senjske ruke!" Divlji uistinu svatovi, ali im je ime, čini mi se, opasnije, neg oni sami.

— Šta da im reknem? Jer, ne bude li im polakšice, provalit će uvelke na mletačke zemlje. Tako mi se barem zagroziše. Što da im reknem?

— Recite im, gospodine kapetane — odgovori biskup poslije časka — neka dođu vojvode u dvije ure poslije podne u kaštel. Saopćite to i gospodi od magistrata. I vi ćete dakako doći. Recite im da ćemo ondje mir uglaviti.

— Dobro, reverendissime, u dvije ure. Klanjam se vašoj prečasti duboko!

Biskup blagoslovi, kimnuv glavom, kapetana, i zakratko raziđe se četa ispred biskupova dvora. Mirno stojeći do prozora, pritišćući svoje čelo u staklo, gledaše čuveni crkovnjak za tim kršnim junacima, za tim trepetom nekrštenih i krštenih barbara. Biskup, zadubljen u čudne misli, ni ne opazi kako se otvoriše pokrajna vratašca, kako u sobu uniđe malen, suh, ali dosta mlad čovjek u fratarskom ruhu.

— Monsignore! — šapnu došljak — monsignore! — progovori glasnije, ne dočekav odgovora.

— A, ti si, Antonio? — krenu biskup glavom. — Jesi li se nagledao toga gusarskog gnijezda, jesi li čuo za kakve novine? — Ja pravo ne smijem suditi o tom, kako izvoljeste reći, "gusarskom gnijezdu", ta vaša je stolica. Razgledao sam pod zaštitom ovog svetog presvuka koješta, i vaše fratre. Svetoga mi Marka, ti su sina svetoga Franje u vas posve druge ćudi negoli naši talijanski redovnici. Ti mrki plećati momci naginju na gusarsku žicu. A opet su mudri. Čuvši da sam tobož talijanski fratar, umukoše mukom, i ni rječice ne mogoh iz njih istisnuti, ni hrvatski ne htjedoše govoriti preda mnom, već me samo pozdravljahu kratkom latinskom formulom. Kako bi se ti kršni pobožnjaci tek krstili bili, da su saznali kako se pod janjećom kožom taji mletački vuk, i da mi se pod uzajmljenim habitom krije znak službenika visokog vijeća desetorice. Da, išao sam dalje — monsignore, čudite se, vaš svijetli rođak Labieno Veluto izvalit će na to jamačno oči — zađoh u lavju spilju, u krčmu nekog Lošinjanina "Crnog Nike", nedaleko od kaštela. To vam je pravo gnijezdo svih uskočkih stršena. U Dalmaciji priučih se nekako tomu vašemu jeziku, pa sam sve razumio. Ondje se je i suviše govorilo. U vas je zbilja čudan običaj. Ne čudim se da na lavu svetog Marka nije ni dlaka ostala, ali da ste čuli masnu kritiku carskih i nadvojvodskih vijećnika, da ste čuli kako su vas stavili na rešeto ti pakleni duhovi — pomozi, bože! Dvoje sam iz njihove vike razabrao. Za prvo naslućuju što im se od nas sprema, da ih naime kanimo iskaditi iz Senja; za drugo razumio sam da ih najviše peče što su galije presjajne Republike začepile senjski tjesnac.

— A koji im je nečisti duh sve to prišapnuo? — popita srdito biskup.

— I ja sam o tom mozgao, ali badava. Nu bojim se da će skoro opet okršaja biti među Uskocima i našom vojskom. Među ostalim razumio sam i to da je arcisotona Juriša Orlović oteo prije nekoliko dana zaručnicu sekretara našega generala Paskvaliga, bogatu djevojku iz Vrbnika, a divljak hoće da je oženi, pa ju je zaklonio u kuću kneza Martina Posedarića. Barbaro je, kako ga pamtim, osvetljiv čovjek.

— Martina Posedarića? — promumlja biskup. — Znaš li da Republika nema većeg neprijatelja od njega; ni Jure Daničić ne bijaše Dubrovčanima veći krvnik, nego Posedarić Mlečanima.

Ali da — u dvije ure imam dogovor sa Uskocima da ih primirim. Valja sklopiti s njima ugovor.

— Koji dakako ne veže nikoga ni na nebu ni na zemlji — nasmjehnu se uhoda Republike.

— Dapače! koji veže bar na neki čas Uskoke, a to pod pismom i pečatom. Toga divljaci pogaziti neće, jer, da pravo kažem, tvrde su vjere.

— Po mom mnijenju, monsignore, valja im prije svega dokazati da je samo prazna vika što se pogovara da ih kanimo maknuti pod silu iz Senja.

— Dobro — potvrdi biskup — a za drugo reći da im prejasna Republika dozvoljava da mogu bez pogibelji broditi u neoružanim barkama po Kvarneru.

— To jest — slegnu Antonio ramenima — napisati se to može, ali kakav će pečat udariti na to general Paskvaligo, ne znam. Ja bar ne bih glave dao za takav ugovor.

— Svejedno — odvrati biskup — sada idi da sastavim pismo. A poslije dođi da ti kažem kada valja krenuti odavle! Pokloniv se, iziđe tobožnji fratar iz sobe.

Oko jedne ure popodne tutnjeli gromorni bubnjevi po senjskim ulicama. Radoznale ženske glave, koje je rijetko u Senju vidjeti na prozoru, provirivahu iz svih kuća. Građani dokazivahu kako su poslovi zbilja vrlo ozbiljni, jer da je išao u kastel carski komesar Andrija de Baunoch, a i debeli gradski notar Jerolim Srebrnjak da je vrlo važna lica koracao onamo, pače i sam prečasni gospodin biskup. Nitko nije dakle mislio da će tu šale biti, samo zlobnik "Crni Niko" bubnjao je prstima po praznom barilu, vičući kroz smijeh: — A ja velim, ter velim: Dum, dum, dum! Sve prazno i šuplje dovijeka. Blaženi oni koji sami sebi konopac pletu! — Na glas bubnja prikupi se uskočka četa pod oružjem na trg pred kastel. Kao klisurnice stajahu mrki ti junaci poniknute glave. Vidjelo se da im se pod kalpacima viju čudne misli, vidjelo se da im u oku tinja tajna jarost, a duge puške im sijevale o svibanjskom suncu toli čudno, kanda su reći htjele: Bit će još i za nas posla!

U kuli senjskoga kastela bilo se je međutim skupilo čudnovato društvo za dugim drvenim stolom: carski komesar Andrija de Baunoch, gospodin vrlo debeo i drijeman, koji je kimajući glavom svačije mnijenje odobravao, biskup de Dominis, kapetan Danilo Barbo, Vuk Hreljanović, brkata ljudina i kastelan senjski, Jerolim Srebrnjak, gradski notar, koji se je silno znojio zarezujući pero. K tomu nadođoše i uskočki vojvode Juriša Orlović, Pavle Milovčić, Miša Radić, Gašo Stipanović i Ive Vlatković na junačku vjeru pod svijetlim oružjem. Jedva bje carski komesar natakao očale, jedva notar zamočio fino pero svoje, ali se dignu starac Milovčić, pa će ovako gospodi:

— Eto dođoste, svijetla gospodo, među nas bijedne zabogare, među nas Uskoke Senjane, da nam reknete što misli naš svijetli car i gospodar, a vama to i pristaje, jer ste mudri, učeni i zborni, a mi od sablje i puške nikud dalje. Poboga vas molim, učinite što će biti pravo i zdravo po kršćanski narod. Velju vam da nam je zlo, i da nas je pritisla svaka bijeda. Carska nam plaća lipše, a mletački nas dužd goni nemilo i kocem i konopcem. Žena gladna, djeca bosa, plugu nijesi vikao, grič nije podatljiv, a sramota je zdravu čovjeku staviti kapu na koljeno i čekati što bog da. Velju vam da smo kao česvina na golu kamenu, i more nas bije, i sjever nas brije, i vjetar nas vije, pa otkida granu za granom. Dižu na nas graju te smo vuci, vješaju nas, gospodo, nas, kdjrštene ljude, a pitam ja vas tko je gubio glavu za svetu vjeru Isusovu. Vele da će nas baciti iz Senja, razgraditi nam ognjište. Teško je, gospodo, iščupati iz zemlje drevan dub koji je pustio korijen na sve četiri strane, teško pticu maknuti iz staroga gnijezda. Kuda ćemo, kamo ćemo? Jesmo li vam dobri za dobru zgodu, a vi nam dajte živjeti; nijesmo li vam dobri, radije u more, pa bogu hvala. Ako ste ljudi, pomozite!

Biskup slušao je riječi sijedoga starca poniknutih očiju, prekrštenih ruku. Zatim će vojvodama:

— Dragi moji vitezovi! Evo me sreća k vama donijela, hvala budi bogu. Otkako sam pastir ovoga vašega stada, goni me srce da među vama bude mir, jer je mir i ljubav zakon božji. Meni vjerujte. Ta i ja sam čovjek vašega jezika, i opet znam što je volja cara gospodara, pred čijim sam svijetlim licem mnogo za vas govorio, nu našli se zlobnici te pričaju laži da vas kane istjerati ispod krova. A ja vam velim da je to gola laž.

— E, kad nam ti kažeš, biskupe gospodine, bit će istina, vjerujemo! — doda starac Milovčić.

— Čujte, gospodo! — viknu Orlović, skočiv na noge. Notar se preplaši, te mu pero pade iz ruke. — Čujte, gospodo — ponovi Orlović — top sa Nehaja! Šta je to?

Kapetan, vojvode izletješe iz kastela prema moru, vojnici vrevom za njima. Iziđoše pred Mala vrata. Užasna prizora! Od Raba letjela mala lađica, a u njoj starci, žene i djeca.

— Naši su to ljudi! — viknu Orlović.

— Da, Senjani — odvrati Uskok Radanović — voze nešta živeža.

— Gle! — prihvati kastelan Hreljanović — tjera ih mletačka ormanica. Vidite li na zastavi lava?

— Ha? Arbanasi su u njoj! — zaškrinu zubima Orlović — da, vodi ih neki crni Mlečić. Bog ga ubio! Junaci, naperite topove, pustite barke u more! Na noge, junaci!

Uskoci priskočiše k lađama. Vuk Hreljanović primaknu žarku šibu topu. Grom zagrmi, munja planu, i zrno odnese mletačku zastavu. Kao lastavice jurile uskočke barke. Ali eto, mletački brod primakao se maloj lađici. Arbanasi nagoše puške. Pedeset pušaka puče. Užasan vapaj ču se od lađice. Lađica prevali se, starci, žene, djeca, sve propade u duboko more.

— Tako vam boga, tjerajte! — kriknu Orlović — žive da ih uhvatimo! — Badava. Vjetar se okrenu i uhvati jedra mletačkog broda, koji strelimice odmaknu put Raba.

Suznih očiju vrati se Orlović na kraj.

— Desnu bih ruku dao bio da sam mogao stjerati proklete hulje na dno mora!

— Vodi nas, vojvodo! — zaviknu uskočka četa u jedan glas — vodi nas na Mlečiće!

— Junaci! — progovori biskup blijed, prestravljen, dovukav se u kolo razjarenih junaka — zaklinjem vas, slušajte me! Kunem vam se da tomu nijesu kriva mletačka gospoda, već divljač arbanaska, koja je svojevoljno prolila nevinu krv. Skupo će oni to platiti, kunem vam se. Dođite, ta mletačka gospoda hoće da vam opet otvore more. Vojvode čestiti, molim vas, vratite se u kaštel.

— Je l' vjera da ćeš ove osvetiti, biskupe? — zapita Orlović.

— Jest.

— Da vidimo! — reče Orlović. — Hajdemo, djeco!

— Nikad! — odvrati Milovčić — prije ću slomiti sablju.

Vojvode pođoše, izim starca, za biskupom u kaštel. Zlovoljno čekala četa, čekala tri pune ure. Napokon dojaviše vojvode da je učinjeno pismo, da Senjani smiju slobodno broditi po moru od Baga do Istre, ali bez oružja, za svoju potrebu i trgovinu, nu da ne diraju u mletačke brodove, i da će to svakomu od svojih braniti, a sve to da ima trajati dok njihov posao ne uredi car glavom. Nerado potvrdiše Uskoci pismo i zavjeriše se vjerom, ali ako im je i srce kipjelo od ljutosti, ta žene i djeca bijahu gladna, ta sad bar nije trebalo bojati se da će ih goniti iz zavičaja, iz junačkog Senja.

Došav u svoju sobu nađe biskup Antonija.

— Hvala bogu — uzdahne satrven — uspjelo je djelo; mal' da nam ga arbanaska ludost ne pokvari. Ali je dosta muke bilo. Sutra zorom krenut ćemo, Antonio!

Pred fratarskim samostanom sastade se kapetan Danilo Barbo sa čovjekom gorostasnim, ogrnutim crnom kabanicom.

— Zdravo, kapetane! — pozdravi ga gorostas.

— Oj! Da ste mi zdravo, kneže Posedariću! — odzdravi kapetan. — Odakle u tu kasnu dobu? — Od fratra, kapetane! Vi sklopiste danas sa Mlečićima mir, a zastupao ih je biskup. Kapetane, kapetane! Čuvajte se toga pauka. Mreža se zapliće. Laku noć!

III.

Po plavetnom nebu gonili se jatomice bijeli srebroliki oblaci, čas zaklanjajući, čas otkrivajući mjesec i zvijezde. Teška sparina pritiskaše zemlju. Silna jugovina bacaše kao od objesti pod oblake talase morske, vrh kojih je zlatna mjesečina plamtjela, bacaše ih uvis, kao što ludo dijete baca drago kamenje; muklo brujeći zadijevala se silovita pjena u orijaške zidine Lida, uzmičući opet, da poslije silnije navali.

Visoki zvonik Sv. Marka izvijao se poput diva iz silesije kuba, tornjeva, krovova, bijelih poput snijega od sjajne mjesečine, koja je samo gdjegdje zavirivala u uske kanale, u uže ulice mletačke; od Đudeke drhtahu kroz noć žarke iskrice, male svjetiljke lađara, samo kadšto orila se kroz mir vesela koja pjesmica da brzo opet umukne, i zavlada tajan, veličajan mir nad "kraljicom mora", kojoj duždevaše Marino Grimani. Ujedanput zadrhta zrakom čudan zvon, batovi mjedenih muževa nad Mercerijom javiše Mlecima ponoć. U to doba jurila je mala crna gondola poput hitre ribice plitvinom od Pjacete put Velikoga kanala. U gondoli sjeđaše čovjek pod širokim klobukom, ogrnut saboritom kabanicom, nu kako je bio na čelo navukao krila klobuka, kako je bio usko skupio kabanicu, nijesi mu mogao razabrati lica. Bijaše mu bez sumnje preša, jer dva-tri puta reče gondolijeru u pol glasa:

— Brže, Nikoleto!

Nu jedva se ta crna lađica otisnula bila od Pjacete, izniknu ispod stupovlja duždeve palače čovjek visok, blijed, suh, sudeći po odijelu redovnik svetoga Dominika. Pri mjesečini činilo se da je to lice mrtvaca, ali žarko oko pokazivalo je da je živ. Čovjek pohiti k pristaništu i pljesnu dlanima.

— O! — progleda iz gondole privezane sanen gondolijer — vi, gospodine! Sad!

— Vidiš li, mladče, onu lađicu što juri prema Velikomu kanalu?

— Kako da je ne vidim! Ta mjesečina je.

— Za njom! Brže za njom! Ali uz kraj, u sjeni, da nas nitko ne speti — dignu redovnik suhi kažiprst.

Za jedan hip pusti se prva lađica za drugom u lov, lako, lagano jureći pod sjenom visokih kamenih palača.

Napokon prista prva gondola uz stube gospodske palače, kojoj bijelo kameno pročelje, umjetno izrezani gotski prozori i tankim stupovima urešeni trijem čudno sijevahu o mjesečini. Ogrnuti gospodin, izišav na kraj, prišapnu gondolijeru:

— Bene, Nikoleto! Pričekaj me tude! — i brzo zađe u kuću.

U isti mah dojuri druga lađica. Dominikanac nagnu glavu, i njegov gondolijer zakrenu u malen kanal kraj palače.

Neznanik pobrza uz kamene stube i otvori naglo vratašca na lijevoj strani.

Tu sjeđaše, pišući za stolom, visok, u crno odjeven čovjek, puna lica, živa izraza, modrih jasnih očiju, prosijede brade. Čim vrata zaškrinuše, dignu glavu. Došljak baci kabanicu i šešir — i biskup Marko Antun de Dominis stajaše pred svojim rođakom Labienom Velutom, mletačkim senatorom.

— Eto te napokon, rođače! — viknu Labieno, skočiv na noge — mišljah da ti se kakva nesreća pridesila, i da nećeš ni doći; ni od Antonija ne ima glasa!

— Ne boj se, dragi Labieno, zdrav sam i živ — odvrati kroz lagan posmijeh biskup — ne znam kakva bi mene nesreća snaći mogla u srcu prejasne Republike, kojoj sam prevjeran sin; ondje, na drugom brijegu, na hrvatskoj zemlji, da! Zadocnio sam nešto, jer mi je sreća van reda poslužila, kako ćeš poslije saznati. A jesi l' pripravio što treba?

— Jesam. Dosta se načudih tvojoj zapovijedi. Kod moje Anđeline sjedi signora Marijeta Quirini, carski poslanik Rossi et cetera. Marijeta se je inače otimala slatkim riječima Austrijanca, jer je vjerna svome mužu, ali danas toli slatko se smiješi, toli malo govori poslaniku — da sam od čuda izvalio oči — a muž joj — naš mili Marin, naš ljubomorni prijatelj, naš bistrooki savio di terra ferma, mirno gleda to šaputanje i ljubakanje Austrijanca, bubnja smiješeći se prstima po stolu i pije malvaziju, kanda ga se Marijeta i ne tiče.

— Naš dragi prijatelj Marino — nasmiješi se biskup zadovoljno — jest pravi savio, tj. mudrac i predobar mletački državnik, da bude ljubomoran. Da, Labieno, ti se čudiš Marijeti, ali ja ti velim, svaki njezin osmijeh stoji uskočku glavu, svaka slatka riječ stoji senjsku barku. Marijetine crne oči su ona Arhimedova tačka s koje ćemo dignuti senjske razbojnike iz njihova gnijezda!

— Marijeta je dakle zmija pod ružama? Politika dakle?

— Pa ti toga nijesi opazio u prvi mah?

— Ne razumijem ništa. Sve mi je to apokalipsa.

— Poslije ćeš. Jesi l' govorio sa duždem, sa vijećnicima desetorice?

— Ta valjda si i ti?

— Jesam. I dužd i signoria znadu predobro da mletačka republika nema vjernijeg sina od mene. Ta ne rodih li se na Rabu, na mletačkom zemljištu? Nije li moja mati Mlečanka, sestra tvoje majke bila? A majčino mlijeko u svakom je čovjeku jače od očeve krvi. Nu vi, gospodo mletačka, nekako ste nepovjerljiva prema svakomu koji se nije rodio u lagunama, koji ne vuče svoju tanku i debelu krv od dužda Pavla Anafesta, osobito, ima li u čovjeku malo slavenske primjese, kao što u meni. Zato sumnjam da mi dužd i "mudro mu vijeće" ispitaše sve misli, a meni odgovoriše samo pol svoga mnijenja.

— Valjda znaš načela naše države. K tomu si senjski biskup, sinovac biskupa Ivana koji je kod Klisa pao boreći se za Austrijance. — Senjski biskup! — nasmija se Dominis — Labieno! ne nadah se od tebe toli smiješnoj primjedbi. Misliš li ti da sam ostavio Rim, stolicu svijeta, da sam napustio red družbe Isusove, sveučilište, samo zato da trajem i završim svoje dane u Senju, tom leglu bune i razbojstva, da budem do smrti pastir šugava stada? Poboga, nijesam! Dođi! — uhvati biskup Labiena za ruku, i dovukav ga k prozoru, mahnu rukom put neba: — Gledaj one zvijezde, ona zlatna pismena nebeska koja nam doglašuju vječitu slavu. U njih mi se zadubio duh, iz njih gatam i čitam. U njihovu plamenu upalilo se srce moje, i krila mi rastu, duša mi pregnu dovinuti se te slave. Nu nijesam ja ludi Ikar, neću da mi sunce oprži krila; sagradit ću stube do hrama slave, a Senj je prva, najniža stuba.

— I opet apokalipsa! — odvrati u čudu Labieno.

— A šta misliš zašto sam radio dočepati se po mojem stricu senjske stolice, toga kukavnog zakutka, ja, komu je pretijesan Rab, pretijesni Mleci, pretijesan Rim, pretijesan svijet, koji posegoh da skinem koprenu s neba? Pol vijeka stoji pred vama ta nenadana zagonetka — Uskoci Senjani — ta kost u mletačkom grlu;

vaši se državnici o tom znojili, vaši admirali o tom mučili, vaši se generali o tom sramotili — da, slavna Venecija prima ranu za ranom, sramotu za sramotom od šake divljaka, gospodarica Jadranskog mora dršće na Jadranskom moru. Koja je vaša luka sigurna, koji brod po moru slobodan? Ne blista li svuda uskočki nož? Junaci su ono, pravi lavovi. Vi ih vješate, rubite im glave, ali kao lernejskoj zmiji mjesto jedne niknut će tri glave. Austrijanci, ljudi bojažljivi, boje se Turaka, boje se Mletaka, boje se Uskoka, rad su imati more, a nemaju novaca. Mleci moraju zavladati cijelim žalom Jadranskog mora. Trst, Rijeka, Vinodol, Senj, sve mora da se klanja svetomu Marku. Uskoci su tomu jedina zapreka, valja ih dakle uništiti. Ta posve logična misao nametala mi se sto puta i napokon rekoh: Marko Antune, riješi ti tu zagonetku, bit će ti početak slave; zato pođoh u lavlje ždrijelo i postah senjskim biskupom. Razumiješ li me, Labieno, ja ću sam pod Senjom lagume kopati da ga dignemo u zrak.

— Tvoje riječi, biskupe — odvrati Labieno — jasne su, žive i stoga istinite. Tebi vjeruje dužd Grimani i njegovi savjetnici. Nu hoće li se austrijski ministri, koji nam sve obećavaju a ništa ne rade, hoće li se povesti za tvojim savjetom? Oni se pače digoše Uskoke jače braniti. Nije li nadvojvoda Ferdinand poslao ljubljanskog namjesnika Rabatu, koji je prekjučer u vijeću glasno zahtijevao da se Trstu i Rijeci opet otvori trgovina, a Uskoci da će se po mogućnosti ukrotiti; nije li se naprasnik, španjolski poslanik Inco de Mendozza, podupirući Austriju, pače zagrozio senatu mletačkome u ime svoga kralja?

— Ne plašimo se toga, moj Labieno! Mendozza je ohola luda, koji na svoju ruku brblja, njega valja baciti. Rabata je strog, mrk, bezobziran, pače okrutan vojnik, condottiere, koji bi na zapovijed i svoga oca objesio. On će nam biti proti Senjanima mač, a mi ruka i glava, jer u njega malo glave ima.

— Rabata? — začudi se senator.

— Ta da. Ti znaš predobro koliko sam na praškom i gradačkom dvoru radio da skrham Uskocima vrat, pače previše, preživo radio, te su me moji protivnici stali sumnjičiti pred carem i nadvojvodom da me liše senjske biskupije. A to nije teško. Rudolf nije car, državnik; on je astrolog, čovjek sumnjičav, ćudljiv, a njegovi ministri, osobito Česi, fine lije, koji se još i sad srde, otkako se praški dogovori među carem i Republikom razbiše. U Gracu osujećuju moje osnove protestantski ministri, a u Hrvatskoj mrze ban i general Lenković na Mlečane — dakle i na mene. Po tom, rođače dragi, vidiš da mi valja biti na oprezu, da se sam isticati ne smijem. Drugi neka rade i ne znajući da je sve to moja osnova. Pregledajmo malo svoju vojsku. Evo ti carskog poslanika Rossija. Čovjek je gizdelin, dosta tup, pa po nas bolje, poludio za žarkim očima Marijete, žene našega prijatelja Quirinija. Zaljubljen pako državnik, ma i bio od naravi pametan, neškodljiv je. Prišapnuo sam Marijetinu mužu kako ona od Austrijanca ishoditi mora da Rabata bude komisarom u Senju. Ti se čudiš, smiješiš? Da, baš Rabata. Taj goropadni vojnik, bez vlastite misli i osjećaja, povodi se već sada za mojim migom, a nadvojvodi Ferdinandu, revnu katoliku, vrlo je omilio, jer u Kranjskoj gvozdenom šibom lupa po Lutorovoj čeljadi. Pomisli još i to, rođače, da se je taj nepromišljeni vojnik prekjučer, govoreći živo za svog vladara, zaletio, te ga svatko smatra protivnikom Republike; tim manja će biti sumnja, tim lakše njegovo imenovanje, pa imam li tu vojničku lutku u Senju, on će ti Uskoke sjeći i vješati sve po mojoj volji. Na moru vreba na njihove barke vaš general Paskvaligo, gvozden bat, a turske zapovjednike valja opomenuti neka razbojnike ne puste na svoje zemljište. Nijesu li tako odasvud spleteni u paukovu mrežu?

— Da, ali po tom još nije sve primorje i Senj mletačkom zemljom.

— To mi reče i dužd Grimani i njegovi savjetnici — nasmija se de Dominis — nu ja vam se uistinu čudim. Da protivniku izbiješ mač, ne valja lupati po sablji već raniti ruku. Pomalo ali sigurno. Senjani nijesu svi jednaki. Plemići nek ostaju patriciji, samo valja između njih istrijebiti kukolj: Daničiće, Hreljanoviće i navlastito Posedariće. Ponajljuće vojvode treba uništiti; oni koji dobivaju od cara plaću smirit će se, plaćenik ne buni se nikad žestoko. Ti će ljudi po vremenu biti trgovčići, obrtnici. Najgore, koji ne primaju plaću, valja ukloniti; ti žive od grabeža, idu po moru, jer nemaju od čega živjeti. Spali im barke, premjesti ih u tvrđave Otočac, Brinje i Prozor, šalji ih dalje u Hrvatsku na Turčina: taj će ih ili potući ili će oni braniti kršćansku, dakle i mletačku među. Senj je važno branište austrijske vlade, ali samo dok su Uskoci u njem, jer samo ti đavoli umiju skakati i verati se po pećinama. Nijemci, bogami, nimalo. Pa uzmi onda: Senj bez obrane, Austrija bez mornarice, brodovlje mletačko zaokupilo Jadransko more, Frankopani se istrošili, a pomorski gradovi pristajat će sve više uz Mletke, jer ih ovamo vuče trgovina, pa će zrela jabuka od sebe pasti u krilo prejasne Republike. To zadnje dakako ne rekoh caru ni nadvojvodi, ali mi oni odobravaju osnovu, ne misleći kakvih će tu biti posljedica. Štoviše. Zaklonio sam tu svoju namjeru lijepom mekom. Austrijanci nemaju novaca, senjske šume su lijepe. Mletački trgovci mogu pod rukom kupiti šume vrlo jeftino, Uskoci izgubit će po tom svoje glavno zaklonište — šume, a Austrijanci će tim novcem ukloniti Uskoke. Šta veliš, Labieno?

— Sada velim da mi je sve jasno, i da se čudim tvojemu divnomu umu, rođače; pa pođe li ti sve to za rukom, nitko nije zaslužio od mletačke republike veće počasti negoli senjski biskup Marko Antonio de Dominis.

— To mi reče i zadarski nadbiskup Minuci — nasmiješi se zadovoljno Marko Antun — to mi reče i Grimani. Sada sam ti sve dokazao, dragi Labieno, i ti radi prema tomu. Nu bilo bi vrijeme da zađemo u društvo, da Rossi posve ne poludi, pa će valjda doći — -

— Tko?

— Rabata.

— Zar on?

— Da, on.

— Da nijesi biskup, rekao bi da si — -

— Matematik bez rogova i repa. Gradatim ad sidera tollor. Hajdmo!

Obojica zađoše u sjajnu dvoranu. Zidine presvođene, prostrane dvorane pokrivahu tapete od pozlaćene kože. Sa svoda visijaše sjajan svjetiljnjak u spodobi staklenih ruža od fina kristala, a plamovi mirisavih voštanica blistahu u ogromnim ogledalima od muranskog stakla, sterući dalje svoje svjetlo na žive, zanosite slike, na kojima je Dijana ljubila u snu Endimiona, sveta Magdalena raspelo, na kojima je Leljo bacao zlaćene strijele za Drijadom, ili mletački junak za crnim Saracenom. Sred dvorane prskala ružična voda iz kljuna mramorna labuda, a na dugačkom stolu stajahu orijaške posude od srebra, pune žarkoga cvijeća, zlatni kondiri i kristalne kupe, u kojima se ljeskalo munjevito vino od Kiosa poput rubina. Između zelena lišća bujile zlatne sicilske naranče, rumene lubenice od Krfa, slatko, zlatoliko grožđe i mirisave tamnorujne breskve. Naokolo sjeđaše divno kolo mletačkih gospođa, hladeći se lepezom, koja je titrala na njihovim grudima kao leptir na punoj ruži. Ta gledajte ih. Eno čelo stola bujne visoke gospođe u saboritoj haljini od ljubičaste kadife. Niz bijelo čelo, niz bijela ramena padaju ljepotici zlatni uvojci, a crno joj oko plamti kao danica zvijezda sred tamnoga neba. To je gospodarica Anđelina Veluto. A do nje kao lepršast oblak savija se nježno haljina od bijelih čipaka oko bujne mladice visoka čela, dugih trepavica, crne bujne kose, nad kojom se kruna od alema ljeska. Veliko joj oko sijeva kao rosna ljubica, nježni joj se vrat savija poput ljiljana, a rumene usne smiješe joj se dražesno, kao da je lovor pirnuo ružicom. To je Marijeta, mlada žena Marina Quirinija, koji je obavljao u duždevu vijeću važno zvanje savio di terra ferma, a sada za stolom srkao malvaziju, čupajući dugačku bradu i bubnjajući prstima po stolu. A dalje si vidio o svjetlilu voštanica sve više ljepotica, sve više u crno odjevenih mletačkih plemića. Do krasne Marijete sjeđaše čovjek odebeo, tupa nosa, kratko ostrižene plave kose, uzvinutih brkova, načičkan, našušuren u odijelu od modre svile, vezanom srebrnom žicom. Sive oči, tupi nos, debele usne, šiljasti brci — sve se to smijalo na njem. Bijaše to nesretan ljubovnik, carski poslanik Rossi.

— Illustrissimo! — nasmija se Marijeta — zar vas od našeg ženskog hahakanja ne boli glava, vas koji toliko važnih državnih poslova u glavi nosite?

— Signora! — odvrati gučući Rossi, nasmijav čudnovato svoj široki nos — stavio sam državne poslove kod kuće pod ključ; tu se podajem dušom i tijelom poeziji, i čini mi se da sam pastir među vilama!

— "Ljubovnik sramežljiv"! — umiješa se kroz smijeh Anđelina.

— Signora! — odvrati Rossi slatko šapućući — ja nijesam sramežljiv, i ima dosta junaštva u meni, da bih smio provaliti u perivoj Armidin, nu ne znam, bi li mogao odoljeti njezinoj divoti kao što Gofred buljonski.

— Ne recite onda, illustrissimo — šapnu Marijeta ispod oka glednuv poslanika — da ste junak, kad unaprijed priznajete da ste slabi. — Veselim se dapače svojoj slabosti — odvrati Rossi — jer je u tom slučaju krepost.

— Nu mogla bih vam odgovoriti — prihvati mekanim glasom Marijeta — da je ta krepost po gospoju vašega srca slaba utjeha, jer slab prema jednoj, bit ćete slabi prema svim gospojama, a vjernost — — —

Uto uniđoše u dvoranu senjski biskup i rođak mu senator. Svi ih gosti udvorno pozdraviše, a navlastito stisnu poslanik Rossi biskupu živo ruku.

— Da ste mi zdravo, gospodine poslaniče — započe de Dominis u pol glasa — jeste li gledali popraviti ono što je luđak Mendozza pokvario? Ti Mlečići, čini mi se, vrlo su razjareni. Valja nam biti na oprezu; ja se u te poslove ne pačam, ali što vam predložih, odobrava i nadvojvoda. Valja nam raditi za mir i ugled naših vladara.

— Mislim — odvrati Rossi tajinstveno, jednim okom zureći u lijepu Marijetu — mislim da će sve na dobro izići. Dakako razjareni, kao bijesni lavovi.

— Zbilja?

— Nu ja sam cijeli posao fino zapleo i Grimanu sve razložio. Spočetka ni čuti, sto i sto prigovora i pritužba. Nu kad sam tačku po tačku razložio oštrim razlozima, kad sam dokazao iskrenost naše vlade i potrebu složne prijateljske politike, umekšao se dužd, upuštao se u potanju raspravu, navlastito glede pomorske trgovine iz Rijeke i Trsta, a vijećnik Badoer tražio je potanje obavijesti o senjskim šumama. Na rastanku reče mi Grimani: "Illustrissimo, kad nam nadvojvoda tumači svoje želje po ustima toli mudra državnika, nema sumnje o sretnom uspjehu."

— To znači po prilici da nije trebalo poslati Rabatu — doda biskup.

— Mislim — žmirnu Rossi lukavo očima.

— I nije ga trebalo. Rabata je dobar kršćanin, valjan vojnik, strog upravitelj, ali državnik nikada! Njemu bi valjalo povjeriti važno kakvo zapovjedništvo gdje treba stroge ruke, gvozdena biča, a ne poslati u mletačke mreže, kojima je samo vaša mudrost dorasla. Radite samo tim pravcem dalje, a ja ću misliti da Rabatu, možda suparnika vašega, odstranimo — daleko!

Rossi, pokloniv se duboko, odšulja se opet lijepoj Marijeti.

Za toga razgovora prijavi malen, u crvenu svilu odjeven crnac, da su prisjela dva gosta, i to plemeniti barun Josip Rabata, namjesnik kranjski i poklisar Njegove carske Svjetlosti, i Antonio Capogrosso, poručnik prejasne Republike na galiji gospodina Loredana.

Društvo se dignu od čuda. Za časak uđoše gosti. Rabata bijaše čovjek visok, pun, jak, reć bi debeo. Na kratkom vratu stajaše mu debela glava. Na okruglom, debelom licu vidio si nisko, prignuto čelo, gusto nabrane vjeđe nad blijedim modrim očima koje ukočene gledahu preda se: pod krupnim nosom stiskale se čvrsto debele usnice, nad bijelim ovratnjakom vidio si debeo podbradak. Duga plava kosa padaše mu na ramena, ali bradi i brkovima ni traga. Čovjek bio bi rekao da je u Rabate žensko lice, ali nepomičnost njegova oka i dvije crte što su išle od nosnica do kraja usnica odavahu da se u tom čovjeku ne taji ženska ćud. Poklisar imao je na sebi zobun od crne kadife žutih svilenih rukava, kratku kabanicu, visoke žute čizme i širok šešir sa crnim i žutim perom, a uz bok dugačak, njemački mač. Poručnik Antonio, čovjek malen, pokloni se odmah biskupu, s kojim se je zajedno pod krinkom fratra povratio bio iz Senja.

— Gospodo i gospođe! — prihvati Labieno pristupiv Rabati i pruživ mu desnicu — velika mi je radost pozdraviti pod mojim krovom dičnoga baruna gospodina Rabatu, carskoga poklisara i desnog prijatelja moga dragog rođaka, prečasnog biskupa senjskoga. Radi toga prijateljstva pozvah slavnog ovog gosta u moju kuću da mu prikratimo čas po našem običaju. Predajem ga vama, gospođe, ta gdje valja tražiti zabave, gdje prolazi slađe i hitrije čas nego uz krasne dame?

Rabata pokloni se silovito, te mu zazveknuše ostruge.

— Hvala, eccellenza — odvrati domaćinu — oprostite te zakasnih. Trebalo je sastaviti izvještaj o mom poslanstvu, a carska je služba prva. Predajem se gospođama, premda se za života predao nijesam, nu oprostite, ne budem li vam po ćudi, jer sam vojnik i oženjen. Gosti zaokupiše stranca koji je praznio čašu za čašom grčkoga vina, smijući se usto grohotom pošalicama mletačkih dama.

— Illustrissimo — šapnu Marijeta Rossiju, koji je Rabatu vrlo hladno pozdravio bio — sparno mi je, mučno mi je, izađimo na zrak, na balkon!

— Vaša mi je zapovijed najsvetiji zakon! — promuca poslanik, te prođe kroz staklena vrata za lijepom gospođom na balkon. Poručnik Capogrosso, opaziv to, prisloni se na stup uz pritvorena vrata, naoko zamišljen, naoko gledajući Dijanu i Endimiona.

Lijepa gospođa nasloni se na gotičku ogradu balkona. Mjesečina sterala se čudno po divnom joj čelu, po bijelim ramenima, po sjajnoj kosi, a oči joj drhtahu poput noćne rose.

— Rossi — reče pridušenim glasom — ostaje li Rabata dugo u Mlecima?

— Što to pitate, signora! — začudi se poslanik.

— Rossi, ostaje li Rabata dugo u Mlecima?

— Za dva-tri dana ostavit će ih da se vrati u Ljubljanu.

— Ljubljana je blizu, vrlo blizu, Rabati je nadvojvoda vrlo milostiv.

— Čujem! — odgovori poslanik ravnodušno.

— A vi se ničega ne bojite?

— Čega?

— Znate li da vam Rabata može biti suparnikom?

— Meni?

— Da dođe mjesto vas za carskoga poslanika u Mletke.

— Mjesto mene? Zar ste, signoro — — ?

— Čula sam — neću reći šta. Ja neću da taj medvjed dođe mjesto — vas. Privikla sam se na vaše poklone. Zapriječite to!

— Oh, Marijeto! koliko sam sretan!

— Ne govorite o sreći dok je nesreća blizu.

— Ali kako?

— Gledajte ga odstraniti daleko — iz Ljubljane — ta kamo?

— kamo? — zamisli se lijepa gospoja staviv ruku na čelo.

— Da, kamo? — opetova zaljubljeni poslanik.

— A — planu gospođa — u Senj! u Senj! među uskočke gusare!

— Divne li misli, Marijeto! Da, tako će naša ljubav biti sigurna.

— Da, samo pod tim uvjetom! — doda gospođa. — imate li prijatelja na gradačkom dvoru?

— Imam, i koliko!

— Dobro! Pohvalite Rabatu, njegovu odvažnost; recite da je samo on dorastao Senjanima. I naša ljubav je sigurna! — doda Marijeta mekše podav Rossiju ruku.

— Sutra poći će kurir u Gradac.

— Dobro! Vratimo se u dvoranu!

Međutim je oko poručnika Capogrossa razmatralo sliku Dijane, ali fino uho otimalo se za razgovorom lijepe Marijete toli živo, da se sagnuo bio prema balkonu, da mu je mjesec kradomice virio pod bore haljine, gdje na prsima stajahu srebrom vezana slova C. D. X., tj. consiglio dei dieci.

U dvorani razgalilo se Rabati u sjajnom društvu srce.

— Sablje mi — kriknu Rabata, dignuv kristalnu čašu prema svjetlu — u vas je lijepo, gospodo, u vas je kao u raju! Vaše palače, vaše crkve, vaše gospođe, vaše vino, sve to godi oku i srcu!

— A opet se digoste ljuto na prejasnu Republiku pred vijećem, da, mal' da nijeste slavu pjevali razbojnim Uskocima — progovori Quirini.

— Ja da branim Uskoke? Tršćane, Riječane da! Ali onaj senjski smet, svetoga mi Josipa, nikada. Tako mi sablje — viknu Rabata lupnuv po svom balčaku — bude li prilike, zakrenut ću im vratom, ili mi recite da nijesam plemić. Znam ja te đavolske svatove, kazivao mi je o njima moj vrijedni prijatelj, biskup senjski, a znam i to da nijesu svijetlomu nadvojvodi Ferdinandu po ćudi. General sam, ljubim disciplinu, a gdje je Uskocima disciplina? Nu sada, sjajna gospodo i lijepe gospođe, valja mi poći; rad sam već sjutra krenuti u Ljubljanu, rad sam da putem pohodim svoje rođake u Gorici, pa mi je preša! — Ali Uskoke ću ja

— ne bojte se! — Španjolac Mendozza govorio je ludo! — Ja ću to sve urediti.

— Generale! — pristupi Labieno, koji je dosad sa biskupom govorio bio — hvala vam na počasti; vjerujte mi, veliku sam danas sreću doživio, nu oprostite mi na rastanku molbu. Ne molim za sebe, već za poručnika Capogrossa, koji vas je amo dopratio. Rodom je iz Luke od dobre obitelji, a dosad služio je upravo junački u našoj vojsci, osobito na Kandiji. Njegova je satnija raspuštena, a mladić traži službu koju će ovdje teško dobiti jer nije rodom Mlečanin, zato moli ne bi li vaša milost — Antonio stupi pred Rabatu i pokloni mu se vojnički.

— Da ga ja namjestim? — nasmjehnu se Rabata, omjeriv Antonija od glave do pete — na Kandiji, velite? Dobar junak! Ben'! Sviđa mi se. Bilo po vašem, eccellenza! Primam ga u goričke mušketire za poručnika. Okretan je, velite. Ben'! Nek bude mojim pobočnikom. Sutra zorom će sa mnom. A za Uskoke se ne bojte! Ja evo dižem čašu i velim: Morte ai ladri!

— Morte ai ladri! — odazva se mletačko društvo živo kucajući čašama.

Pokloniv se društvu, ostavi ugrijani general sa svojim novim pobočnikom dvoranu, a maleni crnac otprati bakljom obojicu do gondole.

— Gdje je vaš stan, Antonio? — zapita ga general, sjednuv u lađicu.

— Jedno pedeset koraka odavle u onom uskom kanalu, ali ja ću vas otpratiti kući, illustrissimo.

— Čemu to? Spremite svoje stvari, i dođite sutra zorom u palaču carskoga poslanika. Možete li kopnom kući?

— Mogu, illustrissimo!

— A vi izađite. Felice notte!

— Felicissima, illustrissimo! — pokloni se Antonio i skoči na kameni hodnik, idući kraj malenog kanala. Gondola generala odjuri, a Antonio krenu u usku uličicu, pjevušeći kroz zube veselu pjesmicu. Baš htjede zakrenuti za taman svod, za kojim mu kuća stajaše, ali u hip stvori se pred njim ljudina redovnik. Antonio, prestrašiv se, uzmakne za nekoliko koraka i posegnu za mačem.

— Stani! — zaškrinu redovnik, uhvativ časnika za ruku — stani, kukavice!

Vi — i — i, ujače Cipriano, u Mlecima? — zadrhta Antonio.

— Ne zovi me ujakom, izrode, koji si opačinom svojom ubio majku, jadnu mi sestru. — Antonio poniknu nikom.

— Ti si uhoda desetorice. Znam da ti je na prsima cimer izdajstva. Ti si bio kod Veluta. Tko bijaše ovdje u gostima? Antonio ne odgovori.

— Govori, velim ti.

— Neću! — osovi Antonio prkosito glavu, i oko mu planu poput risa.

— Ah, tako li? — nasmija se redovnik. — Ti znaš da bi me mletački inkvizitori stavili na muke. Zovni der drugove svoje, ali ih dozvati nećeš. Govori, tko je ondje bio, šta li se govorilo, ili će se sutra u lavljem ždrijelu od kamena kraj duždeve palače naći pismo i dokazi, da Antonio Capogrosso pravi sa tajnom družbom krive cekine. Jesi li kada vidio kako se takvi kovači ziblju na vješalima među stupovima svetog Teodora i Marka na Pjaceti? Govori!

— Kod Veluta? — promuca Antonio bijesan — bijahu Rossi, Quirini, de Dominis i Rabata.

— Govori dalje, kazuj sve! — reče redovnik dignuv o mjesečini blijedo lice i držeći svejednako Antonija.

— Napijahu smrt Uskocima — Marijeta Quirini sklonu tajno Rossija da radi neka Rabata dođe u Senj, a — mene učini Rabata svojim pobočnikom na molbu Velutijevu. To je sve.

— Tebe?! — Tebe?! — zadrhta fratar.

— Da.

— Dobro! — nastavi Cipriano mirnije — idi s Rabatom, idi u Senj, ali radi samo što ti ja kažem, inače — ovdje vješala, ondje uskočki nož! Na, kukavice — svrši redovnik, baciv kesu cekina na kamen — uzmi, zlotvore, ni Republika ne plaća bolje. Dakle nož — ili vješala! A mene vidio nijesi.

— Hvala, ujače! — promrmlja Antonio, dignuv kesu — nijesam vas vidio ni jednim okom. Laku noć!

Ali redovnika bje nestalo.

IV.

Nedaleko od samostana sv. Pavla pustinjaka do gradskih zidina stajaše u Senju kuća uska, visoka, od siva kamena, a nad vratima kuće u kamen uklesan grb knezova Posedarića, starinom Dalmatinaca iz Posedarja, sada senjske vlastele. U prvom spratu stanovaše knez Martin Posedarić, udovac, sa kćerkom Klarom, u drugom pako spratu u skromnoj sobici majka mu gospa Lucija Posedarićka, starica slijepa, od osamdeset i pet godina. U sobici, čisto obijeljenoj, ne bijaše vidjeti nikakva sjaja ni gospodstva. S jedne strane virio je čudno u svijet išaran,

33

trbušast ormar, uzidan valjda prije jedno sto pedeset godina u debeli zid kuće. Za staklenim oknima ormara vidio si nešto mletačkoga staklenog posuđa, nešto turskih čašica, čudne starinske prilike, i nema sumnje da je te rijetke darove koji Posedarić, bivši mornar, prije mnogo i mnogo godina donio bio preko mora u Senj. Okolo zidova stajahu jake klupe, u kojima je stara gospa čuvala svoje haljine i tumbane, svoje đerdane i kožun. U srijedi sobe stajaše velik stol, a u kutu postelja uska, duga, visoka, na jakim nogama, pokrivena perzijskim sagom. O zidu vidio si samo sliku čudotvorne majke trsatske, pred kojom je dan i noć gorjela srebrna svjetiljka, a do nje visila vrlo nejasna prilika nekog trgovačkog broda, pod kojim bijaše upisano ime San Antonio di Padova, vasello dei Possedari. Do same postelje na drvenu stocu sjeđaše slijepa, zgurena starica. Bijaše to više kip od kamena negoli živ stvor. Crna, kratka jaketa, sapeta srebrnim dugmetima rukava, u srijedi širokih a pri kraju uskih, crna suknja od svile odijevala je staričino tijelo, a oko glave i vrata bijaše joj omotan bijel bjelcat rubac, iz koga je virilo žuto, nabrano lice, fina nosa, tankih upalih usnica, velikih, tamnih — ali ukočenih očiju, virilo lice iz rupca kao stara slika iz sjajnog okvira. Noge joj stajahu na sagu u papučama od žute kože, sa strane visio joj o pojasu debeo srebrni lanac, a na njem nekoliko velikih ključeva. Suhim rukama motaše debelo zrnje svete krunice. Za koga je molila? Za sav rod, ali najviše za svoga Niku. Ta već punih dvadeset godina moli za Niku, plače za Nikom, svojim mlađim sinom, pa je i oslijepila od suza. Niko je išao na brod, na more u Amsterdam, ali odonda nema glasa od njega. Stariji joj sin Martin priča da će se Niko skoro povratiti iz Genove; starica plače, moli i vjeruje, i čeka Niku iz Genove, čeka dvadeset godina, premda sav ostali svijet izim starice zna da su Niku prije dvadeset godina kod Malte ubili tuniski gusari.

Nu ima li koja duša da joj dojavi taj žalosni glas, da zarine nož u to dobro, staro srce? Ta na mjestu bi pala mrtva. Bijaše popodne. Sunce je blistalo kroz malene prozore, silovita bura drmala je prozorima, drmala cijelom kućom. Starica moljaše. Uto se otvore vrata. Starica krenu glavom onamo. U sobu uđe čovjek visok, širok, silnih prsiju. Lice mu bijaše dugoljasto, blijedo, ali krasno, crno mu je oko igralo kao munja na moru, crna mu brada padala do pojasa, kosa bijaše mu kratko pristrignuta. To lijepo, snažno muževno tijelo odijevala je haljina od plavetnog sukna, uske crne gaće, a na glavi mu stajaše crvenkapa.

Za čovjekom koracaše djevojka, prava očeva prilika, spuštenih dugih pletenica, poniknute glave, odjevena u crno, a najzad uđe u junačkom zlatnom ruhu pod sabljom mladić, pun, zdrav, crnokos, oka sokolova, jakih obrva i malenih brčića. Oko djevičino blúđaše nestalno ovamo-onamo, katkad joj planu oko pod dugim trepavicama, katkad joj se lice osu ružicom, a pune grudi nadimahu joj se silovito; a mladić — iđaše slobodan, veseo kao jelen u gori, oko mu sijevaše kao sjajne toke na junačkim mu prsima; rumene pune usne mu drhtahu ispod crnih brčića od radosti, od blaženstva.

— Tko je? — zapita starica otvoriv usta — a, ti li si, Martine? Imaš li kakav glas od Nike, imaš li, sinko?

— Nemam — odgovori snažni junak mekanim, blagim glasom — ali sutra će doći otac gvardijan iz Rijeke, on će nam sigurno donijeti dobrih vijesti, jer mi na odlasku obeća da će se na sve strane raspitati.

— Hoće li? Hoće li? — odvrati starica — dugo je to, sinko Martine, ah, predugo! Sinoć sam lijepo o njem snivala. Ljubila sam ga, grlila ga i gledala ga, čuješ li, Martine! gledala ga ja, slijepa sirota. Dugo je tomu. Pomozi mu, majko trsatska! Ali pošto si došao Martine? Vas ima tu više — i Klarica je tu, jesi li, zlato moje? Jesi li?

— Jesam, babo slatka! — zavapi Klara i klonuv na koljena, spusti lijepu glavu u staričino krilo. Starica prenuv se, uhvati je objema rukama za glavu: — Ele si obijesna! Kako li se preplaših. Pa viđ! viđ! Mokre oči! Šta ti je snašlo mlado srce? Pošto ste došli, Martine, da mi nosite nemir u moj mir?

— Majko draga! — reče knez Martin — ne donijesmo vam nemira, već sreću i radost!

— Sreću i radost, sinko? — zaklima starica glavom — oj, to su u mene rijetki gosti; ne pamtim im već imena.

— Uistinu, majko — nastavi Martin. — Danas mi pade na dvor bijel goluban, pa me upita na junačku vjeru ima li tu bijela golubica. A ja mu rekoh, da je se pravo ne sjećam. Ali mi reče goluban da je on poznaje u oko, i da bi mu pristala; još reče da je od dobra roda, i kuća da mu je prazna. Tad pozovi ja golubicu, i upitaj je šta li bi rekla da goluban zaguče, a ona ne reče: "Neću!" Doletješe i braća golubanova i rekoše da će zakriliti je svojim krilima, i da joj nikad neće nedostajati prosa.

— Šta mi tu bajaš kao na Božić, i čemu te šale; ne znaš li, da je danas velik post? — rasrdi se nekako starica, pritiskajući življe Klarinu glavu. — Govori, poboga, natašte, Martine, šta je? Svatovi? Klaricu da mi udate, moje dijete, moju Klaricu?

— Da, majko — odgovori knez. — U dvije-tri sve rekoh: Moju Klaricu snubi vrli plemić i junak Jure Daničić, sin moga pobratima Ivana. Vi znate, majko, da je to slavna krv. Vi poznate njegova oca, vi ste poznavali slavnog mu strica Đuru, radi čijeg je junaštva car Rudolf cijelomu plemenu Daničića podijelio ugarsko plemstvo; vi bijaste, majko, posestrimom Klare Antulovićeve, babe toga mladića, komu je junaštvo preraslo brčiće; našeg je naroda sin, Senjanin i vlastelin. Ja rekoh: U ime božje! Djevojka porumenje kao ružica, a evo nas, dobra starice majko, pred vama, da vi reknete svoju i da mlade blagoslovite.

— A ti? Ti? — dignu starica djevičinu glavu, i guste joj kaplje drhtahu na ugaslim očima — šta ti veliš, Klarice?

— Ja — šapnu djevojka zažariv se silno — ja sam toli sretna — sretna, babo slatka!

— Viđ'! — nastavi baba staviv ruku na Klarine grudi — kako to srdašce leti, leti kao lastavica. Tu nema lijeka van kapa, kapa! Znam ja to što će reći: kuc, kuc, kuc! A od mene si tajila, idi, grešnice mala! Jer po srcu tom sam izmjerila da to nije planulo preko noći, da su to stariji računi. Mudri li ste. Izmolili ste litaniju, pa sad vas ovamo da baba rekne: "Amen"! Mudri li ste. Dašta, slijepa baba u kut, je l'?

— Nemojte, majko; vaše čiste ruke neka su pečat toj sreći: bez vas nema blagoslova! — doda knez.

— Ti ćeš dakle babu ostaviti? — proplaka starica mirnije, privinuv djevojku uz uvele grudi.

— Oh, babo! Tebe ostaviti! Mogu li? — zajeca djevojka.

— Možeš li? Ludice! Moraš, moraš! — nasmjehnu se baba kroz suze — ne znaš li što bog kaže! Ostavit ćeš oca i mater i poći ćeš za svojim mužem. Šta baba? Još koji Očenaš, pa u grob. Namučih se, hvala bogu, dosta toga svijeta! Ali ti si mlada, mlada, ti idi po svom srcu. A reci gdje ti je mladi?

— Evo me, majko — kleknu mladić pred staricu — evo me na koljenima pred vama, a neću se dignuti bez vašega blagoslova, tako mi vjere!

— A ti si to, sinko — progovori stara tražeći rukom Đurinu glavu — dođi amo, da vidimo — nastavi gladeći mladićevo lice — mlad si, ćutim, gladak si; junak si, čula sam; je l' ti mila, onako od srca mila?

— Oh jest, majko!

— Pa reci, sinko, je l' lijepa? Ti to bolje znaš. Ja je nikad vidjela nijesam, čuješ li, nikad! Jer već mi je bog bio dignuo vid kad je majka porodi na svijet. Kazuj, je l' lijepa?

— Jeste, majko — odgovori mladić — prelijepa.

— Dobro, uzmi je, u — zmi! — šaptaše na drhtave usnice baba — blagoslovio vas, djeco moja, bog! Zakrilili vas svi božji anđeli! Budite sretni vi i vaš porod, i molite za dušu vaše slijepe sirote babe! Klarice dušo, čuj! Rekoh ti šta je božja riječ. Ti slušaj boga. Ovo ti je gospodar, otac, majka, krov i štit — ovo ti je sve. Bez njega ti nema života, kao ni mahu bez kamena; njegova duša tvoja duša, njegova tuga tvoje suze, njegova radost tvoje veselje. Jednu ćete pogaču gristi, iz jednog vrča piti, pod jednim ključem počivati. Slušaj ga, ljubi ga, tješi ga! Ti znaš da muškoj glavi valja ići u svijet, u buru, u list, u krv, da mu valja ići u zlo. Pa je brižan, pa je plamenit i jarostan i mrk. Toli ga, blaži ga, gladi mu čelo i moli boga za njegovo zdravlje. A ti, sinko, čuvaj mi dijete; dobra je, čista je kao rana rosa. Jest i vrele krvce, a to smo svi — i ja, stara sirota; ali ne prekipi Klarica. Drži mi tu ptičicu na svilenoj uzici, ne drži je na krutu lancu da ne slomi krila. Čuvaj mi je. Bog vas blagoslovio, djeco! Moja draga djeco! — zajeca starica iz dubine srca, pokriv si rukama lice.

Mladić se dignu na noge. Prekrstiv ruke, stajaše nijem, poniknute glave pred čudnim ovim prizorom, gdjeno se grljahu starost i mladost, snaga i nemoć, plačući zajedno s tuge i radosti. Napokon dignu ponosito glavu i, spustiv lijevu ruku, stavi desnicu na srce, pa će ovako:

— Starice majko! I vi, kneže, drugi oče moj! Na svoje ime, na svoje zdravlje, na svoju vjeru kunem vam se ovdje pred vašim čestitim obrazom i pred licem presvete bogorodice da ću Klari svojoj vazda biti dobar drug, da joj vjere nikad prevjeriti neću, da ću je paziti kao oko u glavi, da ću se njome dičiti kao junačkom perjanicom, da će mi stalno stajati u srcu do mirnoga mi groba. I ne ovrším li što vam evo obrekoh na moju dušu, ne ugledao nikad lica božjega!

— Amen! — završi knez.

— Idite, djeco, idite! — mahnu starica — kasno je, leći mi je; oj, kako bura potresuje svijet. Izbavi nas milostivi bog oda zla! Drijema mi se. Oj, da mi je snivati o Niki, da ga opet vidim u snu. A ti, Martine, da mi nijesi zaboravio! Za sve pitaj gvardijana! Laku noć, djeco!

— Laku noć, babo! — odazvaše se mladi.

— A da! — dosjeti se starica, uhvativ ključeve — Klarice, hodi der. Evo, otvori tim ključem ormar. U drugom pretincu naći ćeš crvenu škrinjicu. Donesi mi je.

Klara učini kako starica reče, a ova, otvoriv obzirno kutiju, stade po njoj pipati i kopati.

— Ha! Evo! — nasmija se starica. Zatim izvadi velik zlatan križ, obložen rubinom, o zlatnu lancu. — Na, uzmi na dar od mene, Klarice! Taj mi križ dade mati moja kad mi se bilo udavati, a ja ga pričuvah za unuku. Dobro ga čuvaj! Sveta je to starina, u našoj obitelji čuvana od sto i sto godina. Dade ga jednomu pradjedu momu knez krčki Frankopan. Zaonda bijahu knezovi krčki Senju gospodari. Dade mu ga zbog vjernosti i junaštva. Čuvaj ga! Dok je čitav, ne može ti nauditi nesreća. Ču li me? Ispadne li koji kamen, zlo po tebe! Ovo stavi opet lijepo u ormar. A sad laku noć!

Mladi odoše sa knezom. Klara se svrati sa ocem u svoj stan, a mladi junak, oprostiv se s njima, iziđe na ulicu. Tu naiđe na Orlovića.

— Dobra ti sreća, junače i gospodine! — podviknu mu Uskok — kako zdravlje? Pa šta te i pitam? Idu gradom glasovi da kupiš kićene svatove! E, valja ti posao, na lijepu sreću si se namjerio. Baš ti vrijedi mlada tri careva grada. Hoćete li skoro?

— Hvala ti, Jurišo vojvodo! — odsmjehnu mu se mladić. — Hoćemo, ako bog da, poslije Tri kralja. Ne čudi se, ugledao sam se u te! Ti si, kako ljudi pričaju, vraški zaigrao. Mlečići da pucaju od jeda. Nijesam te vidio pol vijeka, niti si me zvao u svatove, a nepozvanu gostu za vratima mjesto. Nu, reci kako to bi.

— Ne karaj me, gospodine Jurju — odvrati Uskok — ta valjda pojedosmo zajedno koje zrno soli, koju mrvu hljeba, pa i ne treba poziva i dočeka. Nu ja tvoga čestitoga lica minuo nijesam, ali tebe ne bje pri kući, već si nekud poletio bio u krajinu. A meni bijaše preša, i velika preša! Kako to bi? Naopako, velju ti, gospodine Jurju! Ne nasjekao se nikad turskih glava, ako nijesam pri tom glavu u torbi nosio. Ali pomože bog i sveti Nikola. Jednom potisnuše naši Uskoci barku u more, ne bi li se gdje našla šaka mletačkih glava. Bijahu to momci moje čete, vraški momci do jedinoga Brnka Arapčevića, pravog krvnika i zlotvora. Uvrebasmo čamac iz Vrbnika, pa za njim! Kad opazih da to nijesu Mlečići već pitoma vrbnička krv, rekoh svojima: "Manite, braćo! Ne zadijevajmo se u te mirne ljude, ta ono je naš rod!" Badava, momci uhvate barku pa da plijene bez obzira. Nu hulja Brnko ne traži ni srebra ni zlata, već kao pašče zaskoči jadnu djevojku. Jesi l' ti čuo da junak dira u djevojku? Uskipjelo u meni, te viknem: "Brnko! U kraj šape!", ali hulja mi na to: "Traži ti, vojvodo, svoje, ja nađoh moje, djevojka ide mene milim ili zlim!" Djevojka otimaše se kroz plač, a ja trgni malu pušku, namjeri i odapni, a krvnik ljosnu u more. Tako izbavih Dumu i povratih je kući. Nu zbilo se te se pri tom i zavoljesmo. Ali da, neki se Mlečić bio polakomio za bogatom baštinicom, a rođaci joj i danju i noću: "Uzmi, pa uzmi gospodina!" Kad je na tijesno bilo, posla mi djevojka po ribaru glasove: a ja, gospodine, sred ljute bure po nju. Sastavim vraga sa crnom zemljicom, smognem nekoliko Arbanasa i iznesem svoju Dumu iz pasjega ždrijela. Posedarići je primiše lijepo u kuću, a gospođici Klari od mene hvala i od boga blagoslov, te je bijednoj siroti dala krova, jer kod mene, neženje, nije mogla noćiti. Nu poslije se vjenčasmo, a sad je Dume moja žena. Tako bi, a da vidiš kakva je, evo nas pred mojom kućom, pa ti zađi k meni: ženka će se veseliti kad čuje da si Klarin zaručnik. Nešta je dakako stidna, ali što ćeš? Mlada krv, pa se zaletjela amo u tuđi kraj.

— E dobro, da vidimo je l' prema tebi — odgovori Daničić, i oba zađoše u Orlovićevu kuću.

V.

Bilo je blizu Božića, vrijeme tmurno i burno. Oko osme ure večernje sjeđaše za dugačkim stolom refektorija u senjskom fratarskom samostanu vrlo živahno društvo. Braća izmoliv svoje obične molitve, bješe se već uklonila u svoje izbice, samo je otac Viktor, gvardijan samostana, čovjek jak, pun i visok, zaostao sa svojim gostima, odličnom senjskom gospodom. Sumorna svjetiljka sterala je slabo svjetlo svoje po kamenom podu dugačke dvorane, po čađavim slikama svetaca iz reda sv. Franje, po velikom bakrenom vrču nasred stola, po muževnim licima junačkih Senjana. U velikom kaminu od kamena plamsao je veseo plamen. Bijaše tu toplo i udobno, a gospoda su malo marila kako bura silovito bije u prozore, kako nemilo fijuče po dimnjacima. Čelo stola sjeđaše otac Viktor, čovjek crnih, pronicavih očiju, vrlo pametna lica. Do njega poredali se kapetan Danilo Barbo, knez Martin Posedarić, vojvode Đuro Daničić i Juriša Orlović, kastelan Vuk Hreljanović, vlastela i starješine Vuk Matijašević, Antun Mikulčić i Mihovil Radić, ljudi kršni i čestiti, a malo podalje, bliže kaminu, drijemao je prekrštenim na trbuhu rukama gradski notar. Otac gvardijan natakao je marljivo iz bakrenog vrča u čaše dalmatinsku rumenu kapljicu, a gosti gucajući razgovarahu vrlo živo, mašući silovito rukama.

— E bogami! kneže Martine! — protegnu se kapetan Barbo, klepećući lijevom rukom u džepu srebrnim novcima, a lupajući desnicom po stolu — baš si lijepo pogodio; dobit ćeš vrla zeta. Valjan si, Jure, valja ti glava, valja ti ruka. Gled'te, kako se je mladić zažario! Bog te vidio, čega se stidiš? Ta nijesi djevojka. Bog te živio, mladi junače! I tebe i tvoju mladu! — dignu kapetan čašu, i za njim svi gosti kličući: — U zdravlje, Jure!

Jure zahvali se pokorno.

— Hm! — pucnu kapetan jezikom isprazniv čašu — ala grije ta tvoja kaplja, oče gvardijane! Vidim da malo haješ za mletačke galije što nam opsjedaju luku, jer ili tvoja pivnica nema dna, kako je puncata, ili su ti taj divni napitak u mješinama krilati anđeli prenijeli preko brodova toga mletačkog pasoglavca Paskvaliga!

— Nijesu nam se, hvala bogu, bačve presušile — odgovori gvardijan kroz smijeh, pritočiv kapetanu — našla bi se u ovom našem siromaštvu još koja kapljica za ovu svijetlu gospodu koja se, mislim, ne mogu potužiti — — —

— Da pater Viktor ne napaja žedne — zamumlja prenuv se od drijema gradski notar.

— Nu, ako se nama nijesu bačve presušile, nije vašemu gospodstvu kesa — nasmija se Viktor — jer sudeći po srebrnom zvonu u vašem džepu — — —

— Ha! ha! ha! — primi se kapetan za trbuh — jeste li čuli, gospodo, kakav je klevetnik pater Viktor? — Na! — baci kapetan srebrnu škudu na stol — na, čitajte šta škuda piše. Nit vam je na njoj krilati grabežljivi lav, niti ime dužda Paškvala Čikonja ili Marina Grimana — ali borme, nećete na njoj naći slike ni svijetloga cara Rudolfa ili nadvojvode Ferdinanda. Škuda je od pokojnoga nadvojvode Karla. Po tom mora svaki pametan čovjek zaključiti da ta škuda nije mletačko mito, ni carska plaća, koje pod Ferdinandom još dobio nijesam, već mrvica od sretnijih vremena. A? Je l' tako? — sagnu kapetan glavu.

— Kapetane — lupnu kastelan Vuk Hreljanović Danila po plećima, ti si veseo svat i poštenjak, nu reci mi, poboga, šta nosiš na svome srcu ta srebrna tri križića kao nekakav biljeg smrti? Kazuj, šta će to — — —

— Jest biljeg smrti! — kriknu Barbo skočiv na noge, a oči mu planuše kao risu; — ali pustimo to, Vuče! — smrknu se sjednuv i spusti glavu.

40

— Kazuj, Danilo! Šta je to? — zamoli knez Martin.

— Kazujte! — navališe svi.

— Pa da! Pa hoću! — dignu kapetan glavu i, istrusiv čašu, prihvati: — Ta tri križića znače smrt — znače osvetu. Čujte me. Dvadeseta teče tomu godina. Bijah mladić kao dren i zastavnik kranjskih arkebuzira u Gorici. Čuvali smo onda među od Mletaka. Sa mnom življaše mati i sestra. Plemići smo od starine, negdje iz Italije, ali rod vojnički — pa tu se živi od spore plaće, a kesa nije nikad puna. I mi izim moje plaćice ne imađasmo nego dvije tisuće cekina imetka, a od tih stavismo tisuću pod ključ, nek žutaci čekaju dok mi se sestra ne uda. Moja sestra! Bože moj! Krasna li bijaše ta zlatokosa djevica, kao ružica, kao zvijezda, kao anđeo! — Zvaše se Karlota. Pa toli stidna, toli ljupka, toli mila — oh! Ta nijesam pjesničar da vam je ljudski opišem, ali velim vam, u crkvi ljepšeg anđela vidjeli nijeste. Življasmo tiho u zakutku, ja hodajući po vojničkoj službi, mati i sestra radeći kod kuće. Ja niti sam pio, nit kockao se, i kako me nijesu viđevali kod veselih pijanka, prišili mi drugovi nadimak: "Svetac Danilo". Briga mene! Življah veseleći se sa mojom majkom i zlatokosom sekom. Bijasmo sretni i presretni. Ujedanput dođe mojoj četi zapovijed da krene put mletačke međe. Valjalo je ženske ostaviti u Gorici. Majka ionako od uloga ne mogaše izlaziti iz kuće, pa šta će i ženske pod vojničkim šatorom? Nekako mi je teško bilo; kad je nekog jutra bubnjar moju kumpaniju sazivao na pohod, kao da je po mojem srcu lupao. Majka plakaše, plakaše sestra, plakah — sablje mi — i ja. Odoh. Tri mjeseca čarkasmo se sa Mlečićima po međi, pa se napokon povratismo u Goricu. Sretna li mene! Ali kad ja tamo, čudne li promjene! Majka ni da makne, a Karlota, moja rumena, puna, vesela Karlota — blijeda, suha, nevesela, sve preda mnom gleda u zemlju. Gledao sam dan, dva, tri dana, gledao tjedan dana, ja kao da sam Karloti na neprilici bio. Napokon rekoh sestri oštro: Govori! a ona u plač. Govori! dogrmih joj jače, i ona mi je govorila — — ah, šta! Bio vam tu neki bogat plemčić, đavolast prevrtljivac glatka lica. Taj je uvrebao Karlotu kad je išla u crkvu. Zapali se usijana glava. Vrti se, namiguj, uzdiši, pa ovo, pa ono, i kad na sve to kucanje nije bilo odziva, podmiti staru služavku, zavuci se pod mrak u kuću kad je mati spavala — i — i moja sestra imala je biti majkom — a nije imala muža. Majka dakako nije ništa o tom znala. Lupih se šakom u čelo, protjerah služavku, opasah sablju, pođoh k plemiću. Čudeći se mojemu gnjevu, odgovori ljubezno da će uzeti djevojku. Zavjerio se, i

41

djevojka mu voljela. Neka bude i tako, rekoh i sve potiho dokazah majci. Plemić je dolazio u kuću, uročismo dan za svatove. Bijaše preša. Dođe rok, ali nema mladoženje. Potražim ga, nema ga kod kuće, nema ga u Gorici — pobjegao u svijet — — — Ubila ga puška! — planu Juriša posegnuv za svojim nožem.

— Za pol godine umre mi od žalosti sestra, umre i njezino čedo, dva mjeseca iza toga zakopao sam majku. Poslije dočuh da je božji taj grešnik oženio bogatu kćer sestre biskupa lavantinskoga, s kojom je već od više godina zaručen bio. Krenulo me iz Gorice; prije odlaska pohodih na groblju tri mila križa; na njih zakleh se pred bogom da ću se osvetiti. Onog dana priših si na srce ova tri križića, nek me sjećaju osvete — i, imena mi moga, osvetit ću se. Dvadeset godina ih nosim i nadam se skoroj prilici. — A taj plemić — ta hulja? — zapita knez Martin.

— Jest gospodin barun Josip Rabata, vicedom kranjski — odgovori kapetan.

— Ubio ga trijes božji! — zagrmi Juriša.

Gosti mučahu. Kapetanu vinula se suza na brk. Malko se zamisli i isprazni drugu čašu. Mrk nastavi:

— Pustimo to! Moja je stvar! Ne tiče se vas! Govorimo o drugom. Da, oče Viktore, šta ste čuli na Rijeci o našim senjskim poslovima? — Raspitivao sam dosta; ništa nijesam saznao, van da se biskup Mark-Antun voza radi tih poslova ovamo i onamo.

— Sve mi se čini — prihvati ozbiljno knez Posedarić — da nijeste pametno uradili, potpisav proljetos onaj mir sa Mlečićima. Mi ga Senjani držimo, drže li ga oni? Smiju li naše lađe slobodno izlaziti iz luke? Pa tko se je zajamčio za Mlečiće? — Senjski biskup! — Istina! Istina! — potvrdi stari vlastelin Radić.

— A kako ne bi to pismo valjalo, kad sam ga ja pisao in optima forma i na to udario pečat — doda notar Srebrnjak.

— Prevariše nas na vjeri, gospodo! — planu vojvoda Orlović.

— Čini mi se — nastavi knez Martin — da nam baciše tu meku, neka mirujemo dok ne spletu oko nas mrežu. Ja ne vjerujem biskupu. — I narod se silovito buni! — primijeti Jure Daničić.

— Gospodo! — progovori kapetan Barbo — ne mislite da se meni taj račun čist čini. Vidim to i sam. Uzdao sam se u biskupa. A bio sam rad umiriti senjski narod, jer ovamo mletačka nevolja, onamo — osobito kod Kaniže — turska. Ma se eto prevarih.

— Sa Mlečićima nema nikad mira nit će ga biti — osovi knez Posedarić junačku glavu, i oči mu planuše življe. — Ili će oni nas izjesti, ili mi njih skončati. Dok bude u meni duše, kucat će u tom srcu živa mržnja na Mlečiće, jer su oni zator roda našega, jer rade da im budemo roblje — pusto roblje. Moj rod polazi iz stare djedovine hrvatske — iz Dalmacije. Gledajte tu nekad lijepu — sada jadnu zemlju. Istrijebiše vinograde, posjekoše masline da tjeraju naš narod na more, iskorijeniše naše šume da sagrade korablje, u kojima će rob Dalmatinac svojim znojem, svojom krvlju stjecati bogatstvo i slavu oholoj Veneciji. Pitajte Carigrad, Moreju, Famagustu, Lepanto! Čija li je to slava? Mletačka. A čija je sijevala sablja, čija li tekla krv? Zar himbene senatorske čete sa Markova trga, zar bogatih kramara sa Rialta? Nipošto. Hrvatska je sijevala posjeklica, iz hrvatskoga srca tekla je junačka krv za tuđu slavu! Što čeka vas budete li meki, pokorni, vas, slobodne junake, dične plemiće? Ropstvo, vječito, kleto ropstvo, lanac na mletačkoj galiji, muka pod olovnim krovom ili smrt u podzemnom duplju duždeve palače. Ta gledajte mene! Moj rod je napustio staru domovinu, lijepu Dalmaciju, gdje sada našinac ne vrijedi ništa, gdje mu tuđinska noga stoji za vratom, gdje ne smiješ slobodno junakovati disati ni misliti. Pa pitam vas, koja obitelj u ovom gradu nema od Mletaka tražiti brata, oca, sina, muža ili vjerenika? I ako vam to dosta nije, sjećajte se krvave rane naše, sjećajte se slavnoga Klisa, tog vječnog spomenika junaka Petra Kružića! Na ove svoje oči gledah tu vječnu sramotu slavne Venecije. Četvrta tomu teče godina. Vi znate kako je knez Bartolović oteo pomoću senjskih junaka tvrdi Klis iz pandža osmanskog zmaja, vi znate kako je slavni kapetan Albričić branio junački to gorsko gnijezdo, vi znate kako mu naši junaci pod pokojnim biskupom Antunom pritekoše u pomoć, kako je i biskup pao, kako general Lenković, moj rođak Jure i ja jedva živi utekosmo od zasjede turske, za koju su Mlečići dobro znali, kako Albričić, predavši se na vjeru, izgubi glavu. I viđasmo jedra mletačkih galija, da, mletački general Benedikto Moro stojeći sa svojom vojskom — kršćanskom vojskom — pod oružjem, gledaše mirno kako stostruka turska vojska na prijevaru skončava kršćanske junake — i mletački general ne pomože. Ja sam to gledao. To vam je slavna Venecija, to vam je stara ona varalica s kojom sklopiste mir. Nu ja se zakleh onog dana na sablju svoga oca da ću do groba mrziti Mletke, osvećivati im se do smrti svoje.

— Valja ti riječ, kneže! — skoči vojvoda Orlović — valja ti, kao da si je uz gusle slagao. Nestalo im traga sa svijeta od naše sablje! Da bog da!

— Da bog da! — ozva se društvo.

U taj par otvoriše se neopazice vrata refektorija, a u sobu stupi prekrštenih ruku visok, suh, blijed redovnik u bijeloj halji sa crnim talarom. Oči mu plamćahu čudnovato. Ustaviv se neopažen na vratima, reče:

— Da bog da! Amen.

Sve se glave okrenuše prema vratima u čudu.

— Mir s vama, i blagoslov Gospoda na vas! — produži redovnik. — Duh Gospodinov nadahnu me, i bura na svojim krilima donese me k vama kojima podade bog Izraela plameni mač da obranite sveti znamen križa od pogana i lažnih proroka! Mir s tobom, slavni rode makabejski, koji si skrhao lance Irudove, koji si razmrskao glave vragova, kao što Gedeon crepove. Uljezi u tebe moć i jakost Gospodina da ti junačko srce odoli himbi paklenoj! — Redovnik umuknu časak, zatim nastavi: — U čudu me gledate, zatočnici svetoga krsta, neznan sam vam po vidu, stran po jeziku. Ali po srcu sam vaš. Natovarih na leđa svoja težak kamen da me bura ne odnese u valovito more, i pješice prevalih planinu da vam javim kako ručeći lav obilazi oko vas, ne bi li među vama ugrabio plijen. Jeste li čuli za patra Ciprijana Guidija iz Luke, koji se pred licem svetoga oca dignu da obrani junake Uskoke proti paklenoj himbi bludne Venecije, koga zloba mletačka okova u teške verige, baci u mračnu tamnicu, koji je stresao te lance i dogrmio cincarskomu plemstvu na Rialtu: "Lažeš na Uskoke, božje zatočnike!" Jeste li čuli o božjem službeniku, koji stoji na desnici slavnog Hrvata, generala Lenkovića?

— Jesmo! — skočiše gosti na noge.

— Taj Cipriano Guidi — sam ja!

— Cipriano Guidi! — začudiše se svi.

— Taj Cipriano dođe da vam kaže da se Senju sprema zlo. Vaš pastir, Mark-Antun, vas je izdao Mlečiću. Zavjerio se tajno da će svoje stado izdati vuku. Prevario je cara hineći pravicu, prevario je vas hineći mir. Rastjerati vas rade iz Senja u sve krajeve svijeta, iskorijeniti vaše lijepe šume, smaći vaše vojvode, sažeći brodove, oteti vam glavu, blago, sablju, ime, domovinu — a himba Marka Antuna izabra svojim oruđem mićenika mletačkog, generala Josipa Rabatu.

— Sangue di dio! Rabata! — kliknu kapetan lupiv se šakom u prsa. — Hora se primiče. Smrt izdajicama! — dignu kapetan čašu.

U isti hip zabljesnuše sablje i noževi. Junaci prekrstiše svijetlo oružje, a gvardijan položi na nj raspelo.

— Junaci! — progovori knez Posedarić mirno i svečano — tako nam raja i zavičaja, tako nam vjere i poštenja, tako nam imena i plemena, tako nam sablje i slave, proklet onaj među nama koji ne obrani dom od izdaje, narod od nevolje, grad od propasti! — Proklet! — zagrmiše gosti.

— Osveta Veneciji. Smrt Dominisu i Rabati!

— Smrt! — odazva se društvo.

— Amen! — završi redovnik, raširiv nad glavama ruke. Amen! Amen! — ruknu bura nad Senjem poput trublje sudnjega dana.

VI.

Sredinom mjeseca siječnja 1601. bijaše na Rijeci van reda živo. Tijesne ulice, niske krčme staroga grada bijahu puncate raznolike, šarene vojske, a dan za danom dolazile nove čete iz Gorice, Pazina, Trsta, Karlovca i Ljubljane. Najviše buke pako bijaše dne 26. siječnja prije podne, jer je imala stići zadnja kumpanija goričkih arkebuzira pod kapetanom Odoardom Locatellom. Redovnici, gradski starješine, kramari, postolari, piljarice, kranjski oružnici od žute kumpanije, istarski bijeli konjanici, njemački mušketiri, karlovački laki katane i štajerski zeleni oklopnici — sve je to jurilo na gradska vrata kod mora, jer su Goričani imali doći na brodovima iz Trsta, čemu je privolio i gospodin Gierolamo Cornaro, mladi upravitelj mletačke Istre, i gospodin Filip Paskvaligo, zapovjednik mletačke mornarice u Jadranskom zaljevu, koji je sa svojim brodovima stajao u Omišlju na otoku Krku. Svijet se je dosta čudio toj nenadanoj milosti mletačke gospode, koja nijesu trpjela oružane nemletačke lađe u tom moru, nu ljudi su dobro znali da su se mletački generali i gospodin carski povjerenik Rabata o tom lijepo dogovorili bili, svijet je po tom slutio da će koga toga Uskoka zaboljeti glava — jer se je sva ta vojska spremala na Senj.

Pred vratima pod velikim gradskim tornjem kod mora bio se naslonio o zid malen bradat časnik u arkebuzirskom odijelu pod širokim šeširom, gledajući mirnim ali pozornim okom tu šarenu vrevu. Taj časnik bijaše signor Antonio Capogrosso, pobočnik carskoga povjerenika Rabate. Gledao je on tu radoznalu gomilu ljudi kanda ga se sve to i ne tiče, kanda se naslađuje tim bučnim prizorom. Iznenada ustavi se pred njim drugi časnik, brkata ljudina crvena nosa, pod trošnom kacigom. Iz očiju sijevaše tomu čovjeku svjetlost rakije.

— Zdravo, druže! — viknu promuklim glasom — drago mi je da te vidim. Anastasius sam Holcinger, zastavnik prve čete njemačkih mušketira!

— Ne razumijem njemački — odvrati mu arkebuzir talijanskim jezikom slegnuv ramenima.

— A — a! — natucaše zastavnik talijanski — niente tedesco! Bene! Ma znaš, druže arkebuziru — mi Uskoke pekli, sjekli ovako, ovako! — I pritom je Holcinger stao unakrst presijecati zrak rukom: — per Bacco! si — mi pojeli Uskoke — sve! Maledetti ladri!

— Bene! — nasmjehnu se Capogrosso slegnuv i opet ramenima.

— In verita ladri ladrissimi! Pogani! Turci! Vragovi! Piju krv — jedu ljudsko meso — sono canibali, in verita canibali! Per Bacco! — grmio zastavnik dalje zibljući se na nestalnim nogama i presijecajući zrak: — Ali mi ovako — ovako!

— Bene, bene! — odvrati nestrpljivo Capogrosso.

— Na komade, parola d' onore! Ja sam trijezan, veoma trijezan, parola d' onore! Šta vi mislite da nijesam trijezan? — U taj par opazi Antonio bodulsku barku koja je upravo uz kraj pristala bila. Oči mu planuše i, skupiv obrve, reče dosadnomu junaku:

— Addio, Signor Olcinger.

— Mio rispetto! — pokloni se mušketir skinuv kacigu i pokloniv se tri puta: — Mio rispetto! — zatim otklipsa prema moru.

Iz bodulske barke izađe bradat crkovnjak. Baciv brodaru mletačku škudu, protisnu se brzo poniknute glave svjetinom i krenu prema gradskim vratima.

— Dobro došli, reverendissimo! — pozdravi ga Antonio.

— Oj, da si mi zdrav, junače! — odvrati mu došljak, biskup de Dominis.

— Gospodin me carski povjerenik posla da vas dočekam. Kako naši poslovi? Jeste li našli generala Paskvaliga?

— Baš idem komesaru — odvrati biskup. — Naši poslovi? Nikad bolje. Paskvaligo dozvoljava da se vojska preveze morem u Senj.

— Benissime!

— Ali brzo valja raditi. Senjani su nešta načuli o našim namjerama. Netko nas je morao izdati.

— A da? Koja to hulja?

— Ne znam. Vittorio Barbaro, pobočnik Paskvaligov, govorio mi je o tom u Omišlju. Veli da se spremaju Senjani na otpor, da tu ima neka zavjera.

— Je l' moguće?

— Glava da je svemu knez Posedarić, a uz njega pristaju i Daničić, razbojnik Juriša, pače i gvardijan Viktor. Ni Barbo nije čist čovjek.

— To mislim i ja — odvrati uhoda.

— Ti međutim ne govori ništa Rabati. Piši slobodno vijeću desetorice. Da, reci da je Rabata nešta mekši. Nu treba mu novaca.

— Bene.

Obojica dođoše govorkajući tako pred patricijsku kuću blizu crkve Sv. Vida, u koju brzo uđoše.

U sobi prvog sprata ležaše na postelji, posvema obučen, Josip Rabata. Bijaše nešto blijed, sumoran, a oči mu neobično mutne. Opaziv biskupa, pridignu se malko i pruži mu ruku.

— Ah, reverendissimo, — dobro mi došli! Brzo li se povratiste.

— Da ste mi zdravo, illustrissimo! — pozdravi ga biskup.

— Zdravo! zdravo! K vragu mi je zdravlje! Vidite, opet me trese groznica koja me je u Gorici uhvatila bila.

— Vi dakle nećete moći u Senj?

— Hoću, moram. Al kazujte, nađoste li Paskvaliga? — da, čujte, poručniče Capogrosso!

— Na vašu zapovijed, illustrissimo! — ispravi se časnik.

— Je l' kapetan Locatello prispio sa svojom četom?

— Nije, ali mu se nadamo svakim časom.

— Pišite mi ordonanciju svim vođama četa. Nek su mi sve čete spremne na pohod. Prvi će njemački mušketiri. Zastavnik Holcinger neka manje pije, ili ću ga protjerati. Zatim će — -

— Kapetan Gallo?

— Nipošto. Gallo ima u svojoj kumpaniji mnogo Hrvata, a i gospodin Vid Kleković. Momčad im je nepouzdana, ne ide rado na Uskoke, pucat će u zrak — a Kleković je meka srca čovjek. Ti će ići zadnji. Drugi će ići arkebuziri gorički, kranjski i tršćanski pod Locatellom i Grasellom. To su moji ljudi. U njih mogu se pouzdati. S njima će i štajerski draguni i čički bijeli konjanici. Odmah da se svima razdijeli hrana i streljivo, i da bude dosta. U Senju nećemo ništa naći. Idite, Capogrosso. Za dvije ure donesite mi ordonancije da ih potpišem. Da, pođite kapetanu mušketira na Trsat, neka još danas k meni dođe.

— Na vašu zapovijed, generale! — pokloni se poručnik te iziđe, sporazumiv se neopazice jednim migom sa biskupom.

47

— Dakle, što veli general Paskvaligo? — upita željno Rabata.

— Ljuti se, strahovito se ljuti — odgovori biskup.

— A zašto?

— Kada dođoh u Omišlju pred njega, nahrupi na mene da vam, illustrissimo, ne vjeruje, i da ne kanite ovršiti što Republici obećaste. "Sramota je", reče, "što se dan na dan zbiva. Uskočki đavoli opet oplijeniše kod Zadra nekoliko mletačkih lađa ulja, kod Hvara oteše cijeli brod sardilja, a proveditor mi Cornaro piše da je u istarska sela provalila pod carskom zastavom četa zlokobnika Juriše. Je li to strogost koju nam Rabata obeća, jesu li to zasluge za koje traži nagradu?"

— Ali, reverendissimo, ne rekoste li generalu da ću tu vražju gamad uništiti jednim mahom? Pa jesam li ja kriv da se je nesretnik Barbo oglušio mojim strogim zapovijedima?

— Dokazah mu dakako sve, govorio sam mu četiri pune ure, ta vaše gospodstvo zna kakov sam vam prijatelj; ali vjerujte, Mlečić je tvrde glave.

— Nu, svetoga mi Josipa, šta ću? Muči me groznica, muče me vjerovnici. Sav sam se istrošio. Trebao bi za kratko pet tisuća cekina, inače zlo po mene!

— Žurite se zato, generale, ovršite generalove uvjete, pa onda dobit ćete šta tražite, pače više.

— Onda istom! — Biskupe! Biskupe! Šta će to biti? Zaplijenit će meni i mojoj ženi sve što imamo, a carsku plaću čekati? — — —

— Žurite se, prijatelju, jer Senjani su nešto nanjušili. Vojvode i vlastela bune se, najviše Posedarić -

— A Barbo?

— Ne radi ništa. Evo uvjeta! Zapisasmo ih zajedno ja i Paskvaligo. Po moru možete dakle voditi vojsku. Ovaj papir vrijedi najmanje pet tisuća mletačkih cekina.

— Ali tajna da je odana, velite? — problijedi Rabata silno. — Po kom? Da gradački dvor — — ?

— Mirujte! Ne stoji li uz vas Marko Antun Dominis? Idem u trsatski manastir po važnome poslu. Do večera povratih se; vi proučite uvjete i izdajte zapovijedi. Mir s vama! — reče biskup i iziđe.

*

Za jedno pol ure penjahu se senjski biskup i poručnik Capogrosso uz silne one stube, kojima se dolazi do hrama čudotvor-

48

ne majke božje trsatske nad Rijekom. Govorahu živo, žestoko. Došavši dovrh stuba, reče biskup:

— To su ti, dragi Antonio, uvjeti uglavljeni sa Paskvaligom. Što si čuo ne treba pisati u Mletke. Za prvo nije dobro da se odavle takva šta piše, za drugo, obavit će to Paskvaligo sam. Tvoja budi skrb jariti Rabatu na Uskoke i pripaziti što radi. Nu sada zbogom, ja idem u samostan, a tebe zove dužnost u mjestance Trsat. Ne čekaj, ja ću se duže pozabaviti, pa fratri su Hrvati — ljudi nepouzdani. Ne treba da te vide. Zbogom!

— Sve po vašoj zapovijedi — poljubi Capogrosso biskupa u ruku. — Učinit ću kako rekoste. Rabata je ionako moj!

Za pol ure povrati se poručnik iz sela Trsata. Veselo pjevušeći koracao je uhoda Republike, pa da se spusti niz stepenice. Bijaše mu voljko, veselo pri duši. Poslovi njegovi nikad bolje. Dan vedar i miran. Ujedanput ozva se iz bližnje šume poznat glas:

— Stani, Capogrosso! — Poručnik, protrnuv, stade, a iz šume iziđe čovjek — Cipriano Guidi.

— Vi — i — i, ujače? — izmuca poručnik.

— Ja, kukavice! Govorio si s biskupom. Bio je kod Paskvaliga u Omišlju. Šta su uglavili? Govori.

— Kašu Uskocima. Sad je kraj šali. Rabata ide zbilja na Senj. Ljuti se pletu konopci.

— Šta uglaviše, pitam te?

— Sa svih strana prikvačiti Senjane. Sa mora zatvorit će Senj Paskvaligo sa brodovljem, sa kopna Rabata sa vojskom. Po turskoj međi namjestit će bosanski paša vojsku. Pa onda davi, sijeci, haraj. Prava stupica. Najviše se vesele Orlovićevoj glavi, i za kneza Posedarića ne bih mnogo dao. Barke će im sažgati, mletačke podanike izdati, a prostu momčad premjestiti u Otočac. To je onako po prilici sve, ujače.

— A dalje, dalje?

— Dalje? — Hm! Kad se sve to ovrši, dobit će Rabata pet tisuća cekina.

— Poharaj ga, bože — planu redovnik — a kada će vojska krenuti u Senj?

— Kada? — opetova poručnik, pogledav dominikanca ispod oka — hm, za tri-četiri nedjelje dana.

— Za osam dana pričekaj me na ovom mjestu — zapovjedi Cipriano podav mu kesu — a pamti: uskočki nož ili mletačka vješala! — i nestade ga u šumi.

— E, vidiš, Antonio! — mrmljaše poručnik silazeći niz stepenice i zvekećući punom kesom — ti si više sreće iskusio negoli zaslužio! Svi ti vjeruju, svi te plaćaju, a ti — ti — nikomu na svijetu — ni bogu ni svim svecima, izim svetomu Antunu Padovanskomu. Baš mi je dobro došla ta kesa. Krčmarica je Pepina lijepa glavica, a srce joj odmah zadršće kad zazvone cekini. Ti sveti novci moraju mi danas donijeti blagoslova u Pepininoj krčmi. Hvala, ujače dragi!

*

Sve više je ginuo dan. Žarka rumen sterala se po sjajnome moru, žarka rumen na nebu za Učkom gorom, koja se ljubičinom bojom odbijala od plamenog zaneblja. Poput crnih nemani pružahu se sred kristalnog zaljeva Cres i Krk, oko obale morske prostirala se sijeda, kamena Rijeka, opasana zidom i kulama, a pred Rijekom drhtahu glačinom morskom lađe bjelojedrice poput bijelih golubova. Od trsatskog samostana čulo se večernje zvono, naoko zelenio se ružmarin, bujna lovorika i sred zime. Navrh trsatskog brda stajaše blijedi dominikanac Guidi prekrštenih ruku, zadubiv se u taj divni, sjajni prizor. U tamnim mu očima plamćaše zlato zalazećeg sunca, na blijedom mu licu drhtaše večernje rumenilo. U jedan mah osovi glave, i krenu glavom. Od samostana iđaše polagano poniknute glave — biskup senjski.

Dominikanac zakrči biskupu put. Mark Antun prenuv se, dignu glavu.

— Mir božji s tobom! — pozdravi ga redovnik.

— I svi božji anđeli s tobom! — odzdravi mu biskup — tko si?

— Božji, kako vidiš, Mark-Antune!

— Ti me poznaješ? Ja te se ne sjećam. Talijan si?

— Da me ne poznaješ? Sjećaš li se, kad je jedne nedjelje u crkvi Ara coeli u Rimu neki dominikanac propovijedao o Makabejcima kršćanstva? Sjećaš li se, Marko Antune, kad si jednog petka sreo na "Foru" blijedog dominikanca u lancima, koga su sluge "svetoga ureda" na zahtjev mletačkoga poslanika Ivana Moceniga tjerali u tamnicu? Sjećaš li se?

— Cipriano! — osupnu se biskup.

— Da, Cipriano, Marko Antune!

— Šta ti tu tražiš?

— Ja sam glas vapijućega u pustinji, ja sam vihor koji izlazi na usta boga gromovnika, ja sam sluga sina božjeg, poslan da iščupam drač i kukolj iz srdaca ljudskih, ja, tvoj anđeo, tvoj demon, tvoja zvijezda, tvoja sjena, dočekah te, Marko Antonio!

— Ti? — uzmaknu biskup.

— Antonio! Zaklinjem te starim našim prijateljstvom, žarom naših mladih osjećaja, čuj me! — kleknu redovnik pred biskupa uhvativ ga za desnicu. — Sjećaš li se mladoga Isusovca koji je govorio gromove, koji je iz ustiju sipao strijele, koji je znao zamahnuti raspelom srebrnim kao mačem arhanđelovim kad je govorio o slavi jadnog naroda, o mukama kršćanstva, o zvjerstvu osmanstva? O plamenu njegove riječi zapalilo se srce moje. Gledah ga pred sobom, poput keruba komu se glava visi u oblake, komu se krila prostiru nad kopnom i morem — a sada? Savija mu se zlatna mletačka zmija oko srca, u tom negda proročkom srcu nikao je sjajan, otrovan cvijet, koji obori anđele s neba. Da, taj plemeniti mladić izdajica je roda svoga — bogovati mu se hoće. Prijatelju Antonio, gledaj ono rumeno more u kojem se zrcali božje nebo! Je l' tvoja duša takva? Gledaj bijela jedra hitrih lađica, je l' tvoja savjest toli čista? Čuj srebrni zvuk božjega zvona, kuca li tvoje srce tako? Nije, nije, nije! Ti oštriš nož na božje zatočnike, ti prodaješ bogom povjereno stado vukovima, ti daviš nevinu djecu kao kralj Irud, jer ti je srce prekipjelo s oholosti, jer se plaćom Judinom uznijeti radiš put vječnih nebeskih zvijezda — ti — grešnik — ti izdajica! Poznajem tanke tvoje i mletačke mreže. Antonio! — nastavi redovnik, i suza zadrhta o večernjem rumenilu — prijatelju, zaklinjem te — ja stranac — ne pogazi naroda svoga, sjećaj se boga! Vrati se s puta grijeha, izbavi Senjane!

— Mahniče! — planu blijedi biskup istrgnuv se iz Ciprijanove ruke — napasniče, umini! Neću! neću, neću! Ti gmižeš po talogu, moj je cilj sunce!

— Pa proklet bio! — skoči dominikanac na noge — dovini se sunca, sažgi krila i padni na dno paklenog jaza. Dovini se sunca, ali ono će zapasti. Prinosi krvave žrtve kumiru tvojega srca, ali ti, umniče nad umnicima svoga vijeka, ti slavni mužu, jak ugrabiti nebu zvijezde, ti izdajice naroda svoga i krsta, bio proklet! Još jednom ćemo se vidjeti, a donle bio proklet!

VII.

Istu noć vidjelo se, kako otac Ciprijan na konju juri od Rijeke prema Ljubljani. Bilo mu je, kako se je činilo, vrlo prešno. Na rastanku od Trsata reče pred vratima nekomu fratru:

— Brate Jerolime! Pazi dobro na sve što se na Rijeci radi; pa opaziš li da se Rabata diže u Senj, ti pohiti dan prije onamo i

51

predaj gvardijanu Viktoru pismo što ti dadoh. Nu nadam se da ću se za osam dana vratiti iz Ljubljane i Graca, a Rabatu čujem da drži groznica na postelji.

— Sve će biti kako rekoste, oče Ciprijane! — odgovori fratar. Dominikanac lupnu konja šibom i poleti dalje, a Jerolim zađe opet u samostan na počinak. U zoru razlijegala se po čitavoj Rijeci silna bubnjava, orile se bojne trublje. Uplašeni stanovnici gledahu u čudu iz prozora šta tu biva. Još bijaše dosta mračno, ali u tom sumraku opazilo se kako jedan dio vojske, i to Goričani, Riječani, Tršćani i Štajerci, idu hrpimice prema moru, i kako se drugi dio: Nijemci i Karlovčani, u pravilnim redovima pod zastavom kreću iz grada preko Rječine. Iz nejasne vike i bubnjave, iz topota konjskih kopita, iz škripanja tarnih kola i psovaka užurbanih časnika kojima su, mašući golom sabljom, tjerali svoju momčad, moglo se razabrati da vojska ostavlja grad, da je kopnom i morem krenula put Senja. Dok je pješadija grnula na brodove, nošahu četiri gorička arkebuzira gospodska nosila, zastrta zavjesom, put luke. Najednoč dojuri malen časnik na konju i dignu zavjesu.

— Gospodine generale, sve je u redu: Nijemci i Karlovčani već polaze po kopnu pod kapetanom Vidom Klekovićem, a ostala se vojska redovito ukrcava.

— Dobro! — odgovori iz nosila Rabata. — Izim vojske ne zna nitko ništa, Capogrosso?

— Nitko.

— Jeste li časnicima dojavili znakove koje valja dati Mlečićima kod fortece Sv. Marka? — zapita biskup koji je sjedio u nosilima do Rabate.

— Jesam — odvrati časnik.

— Jesu li pisma otpravljena turskim zapovjednicima? — zapita opet Rabata.

— Jesu, i providuru gospodinu Cornaru pisah neka istarske posade za sada ne diraju u carsko zemljište.

— Bene, Capogrosso! — prihvati Rabata — ja ću sa prečasnim biskupom po moru, ali vi morate svakako sa starim Klekovićem po kopnu. Starac je slab, a četa mu je bijesna. Karlovčani nepouzdani, a Nijemci rado piju. Dakle, drž'te ih na uzdi! Žurite se. Addio!

Capogrosso dodirnu se rukom šešira na odzdrav i odleti prema Rječini.

Za jednu uru kretala se vojska od dvije tisuće glava pješaka i konjanika da ukroti bijesne Uskoke.

*

Bijaše baš podne. U sobu kneza Posedarića provali kapetan Barbo. Knez sjede sa svojom družinom za objedom, pusti žlicu i dignu se u čudu.

— Šta je, kapetane? — upita Posedarić.

— Nijeste li primili pismo od Ciprijana?

— Nijesam.

— Čudno! Znate li šta? Rabata ide sa jakom vojskom na Senj.

— Je l' moguće? Tko vam to reče?

— Ljudi od Orlovićeve čete, dolazeći iz Krajine, opaziše s brdina kako se po cesti silno oružje ljeska, i kako vojska poput dugačke zmije gmiže prema Senju. Velim vam: zlo po Senjane!

— Šta ćemo?

— Zovnite svoje drugove, hajdmo u samostan — kod gvardijana valja nam se dogovoriti. Ondje nas neće lasno opaziti ni mletačke uhode ni njemački časnici.

— Bene, pođite naprijed! — Kapetan otiđe.

— Klaro — okrenu se knez svojoj plahoj jedinici — dodaj mi kapu i kabanicu pa jedite, jer se neću skoro povratiti! — Uzdahnuv, učini Klara po zapovijedi, a knez krenu žurnim korakom k samostanu. Kod gradske vijećnice sretne se sa budućim zetom, vojvodom Daničićem. — Kamo si naumio, Đure?

— K vama, kneže, i Klarici.

— Pusti sada Klaricu. Pođi sa mnom! Šta se provlači po ulicama tolik narod?

— Zli glasovi, kneže! Rabata ide.

— Tko to reče?

— Vojvoda Marko Marglitić dođe iz Ledenica i dokaza da su njegovi ljudi vidjeli kod Novoga njemačke pješake. A i po moru plovi, veli, silna vojska.

— Hajdemo brže! — odvrati knez — evo samostana!

Unišav u sobu gvardijana Viktora, nađoše više gradskih vijećnika, vojvodu Orlovića i kapetana Barba. Usred sobe sjeđaše na stolu odrpan, prašan, blijed tršački fratar Jerolim, jedva dišući.

— Govori, Jerolime — stavi mu gvardijan ruku na rame, ni ne pozdraviv došljake — govori, kako je bilo?

Fratar stisnu oči, uzdahnu i progovori:

— Zlo, vrlo zlo, oče gvardijane! Duša mi je bila na jeziku, a život na tankoj niti. Zadnjega petka po večeri zovnu me onaj

Talijan — onaj Ciprijan — valjda ga znate — u svoju ćeliju, gdje je već osam dana u nas gostom bio. "Na ti pisma!", reče mi, "to ćeš ponijeti u Senj ocu Viktoru, dan prije nego se Rabatina vojska digne onamo; jer", reče, "Senjane veliko zlo čeka, i neka se čuvaju. Ja idem generalu Lenkoviću u Ljubljanu i nadvojvodi u Gradac, pa dotle neće vojska ni poći, ali ti pazi, pa za veću sigurnost primi to pismo." To reče mi po drugi put kad ga ispratih pred samostanska vrata. Kroz san čuo sam neki neobičan šumor, nu mišljah da je bura. Ali kad ujutro sađoh na Rijeku, dokazaše mi da je pred zoru otišao i Rabata i njegova vojska. Vidiš, rekoh, Ciprijan se je kruto prevario na računu; sad, Jerolime, sedlaj, pa odapni u Senj. Pismo sаših u podstavu svoga klobuka, a gvardijan, dobro znajući za sve, reče mi: "Jerolime, teci, i da si lagan kao po velikom postu." Poletih i dobro letih sve sretno do Hreljina. Tamo negdje kraj ceste stoji malena krčma na osami. Čuo sam dosta buke iznutra i zato potjerah konja. Bio sam mirno prošao uz Rabatine konjike i pješake, nu to bijahu ljudi od Karlovca, i kad bi me lijepo upitali: "Kamo, oče sveti?", odgovorio sam im: "Idem u Novi k bijelim fratrima!", pa bog! Ali ovaj put nije glatko prošlo. Bilo me je i strah. Vidjeh pred kućom naslonjene puške njemačkih mušketira. Zažmirnem očima, prekrižim se i potjeram konja. Nu jedva minuh krčmu, eto za mnom graje! Stani, pope, i stani, pope! Jedva sam disao, ali moj konjic letio kao bijes. Krenem malko glavom. Mušketiri lete za mnom, naprijed neka pijana ljudina i malen, u crno obučen oficir. "Drž'te popa!", vikaše pijanac, "Drž'te popa!", vikaše onaj mali, koji je napokon i poklopio svoga konja. Ja na strmu, usku putu kraj ponora, a hajka mi za leđima! Zbogom, Jerolime! mišljah. Uto, na moju sreću, izmaknu se pijanom mušketiru noga, a on, kako je dug i širok, poljubi zemlju. Rulja se nešta zaustavi, malenomu časniku prope se od vike konj, a ja uhvatim malu pušku, puc!, konj malog crnjaka svali se na zemlju, a ja bjež' i bjež'! Bože, nikad tako bježao nijesam, nu kako zakrenem za prvo brdašce, popuhnu bura i odnese mi šešir bez traga, a u njem žalibože pismo. Mušketiri vikali još časak za mnom, ali ja lijepo izmakoh, pa evo me ovdje!

— Oh, nesretniče! A šta je u pismu bilo? — zapita ga gvardijan.

— Ne znam, oče, ali svakako zlo po vas svih.

Uto navali u sobu kastelan Hreljanović.

— Gospodo! — viknu bez daha — mletačke galije primiču se senjskoj luci. Kapetane Barbo! od Rabatine vojske dođe dragun pa vam donese pismo.

— Bože, izbavi nas od zla! — prekrsti gvardijan ruke.

— Zateći nas hoće — viknu Posedarić blijed — s mora Mlečići, s kopna izdajice! Skupimo pamet, gospodo, ne valja gubiti vremena. Rabata ide s jakom vojskom da podavi sve Uskoke Senjane! Ali ne smije svih naći. Ja mislim da ostane u gradu samo tri stotine ljudi, a s njima stari, manje odlični vojvode, a šest stotina junaka neka sa vojvodama Orlovićem, Stipanovićem i Radićem iziđu iz grada još ove noći i s njima svatko koji se je ikad sa Mlečićima ogledao bio. Ti, Jure, ostaješ, tebe poznaje samo turska glava.

— A vi, kneže? — zapita gvardijan.

— Ja sam knez, plemić, vlastelin, i nijesam plaćenik, ja ostajem da čuvam stari svoj dvor i grb koji je svijetao pred svijetom i carstvom.

— Ostajem i ja! — planu Orlović.

— Nećeš — odvrati knez — treba ljudima provodiča. Vi vani čekajte po planinama što će biti. Međutim, dojavih sve nadvojvodi. K tomu znaš da bi voljeli Mlečići vidjeti tvoju glavu navrh Svetog Marka u Veneciji negoli na tvojim ramenima.

— Kako knez reče, dobro je! — završi Barbo. — Na posao, junaci! Ja ostajem dakako u Senju, i moja budi briga da zlo ne bude gore. Sad zbogom! Da vidim, što piše Rabata!

*

Krčma "Crnoga Nike" bijaše pusta. Svjetiljka drhtaše žalosno u tihom mraku, a gospodar Niko sjeđaše poniknute glave pred praznom bačvom. Vani hujio vjetar, vani prolijetale kradomice sjenke ljudi oružanih, a kroz buru lelekalo fratarsko zvono. U tren otvoriše se vrata, a kroz njih utisnu se suho, kutasto lice riđih brkova pod crnom uskočkom kapom. Sive oči sinuše — bijeli zubi se isceriše.

— Niko — Niko! — viknu u pol glasa stranac.

— Šta je? — zapita gospodar.

— Daj mi rakije, Niko!

Niko dignu glavu.

— Tebi, Bogdaniću? Tebi, huljo! Ni kaplje!

— A zašto? slatki Niko! — upita Uskok unišav u krčmu.

— Jer ne znaš boga ni poštenja. Jer si oplijenio crkvu Bogorodice na Krku, jer si osramotio ženu i ubio joj dijete na Rabu, jer si krvopija.

— Da vidimo — nasmijehnu se Uskok, trgnuv svoj nož — žedan sam, nemam novaca. Toči, pseto! Doći će Rabata, bit će ti vino cjenije. — I kao zmija dignu se Bogdanić na krčmara. Niko uhvati sjekiru. Ali u isti par lupi jaka šaka Bogdanićem o zemlju.

— Kučko! šibaj bez traga! — zagrmi vojvoda Milovčić, stvoriv se pred Nikom — nosi se, riđane otrovni, da ti ne iščupam poganog jezika. — Pokunjene glave ispuzi hajduk iz krčme.

— Jes' čuo, Niko! — nastavi stari vojvoda — po mojoj si ćudi, valjan si. Žao bi mi bilo da pođeš po zlu. Iza brda valja se oluja, pa Mlečići su, čini mi se, kivni na te, a i njemačka gospoda, jer da jariš naše junake. De skupi svoju prtljagu, pa otisni se sa Orlovićevom četom o ponoći u goru. A tog mi se riđana čuvaj, jer je hulja i nečovjek. Ho'š li?

Niko se zamisli, provuče ruku čelom i reče nakon časka:

— Hoću, vojvodo! Hvala! Pravo govorite! Rabata ide, Mlečić bi me mogao... — i Niko pokaza prstom na vrat.

— Pa nećeš sam. Ići će i Vujica Vedašić i Budonović, koji je izjeo kod Hvara pun brod mletačkih sardilja. Prije po noći samo dođi na Velja vrata, pa da pođete. Zbogom, Niko!

Krčmar zaključa krčmu, da skupi nešto svoje prtljage.

Međutim kupili se sa svih strana oružani Uskoci, šapćući, mrmljajući, poniknute glave, gnjevna oka. Mjesec je blistao kroz tamnu noć, sterao svoje bijelo svjetlilo po kamenju senjskom, po dugim puškama i mrkim licima o vjetru vijahu se crvene kabanice junaka, po kamenju ozivahu se teški koraci, a iz kuća čuo se narijek žena, jecanje djece, čuo se plač starice majke, a iz kuća miješala se u buru kletva, teška kletva do boga na izdajice, na izrode.

Na pragu svoje kuće stajaše pod crnim kalpakom, pod svijetlim oružjem zorni junak, vojvoda Juriša Orlović kao bor u gori. Ljevica mu stajaše na junačkoj sablji, a desnica savijaše mu se oko ramena žene mu Dume, koja je bila spustila glavu na sjajne mu toke. — Ne plači, dušo moja, golubice moja! — stade je junak tješiti — ta i meni kaplje krv iz živog srca, gdje ga otkidam od tvoga. Ali eto vidiš, tko će voditi bijednu braću? Zar da ih pustim kao stado bez pastira? Ili nije li bolje iznijeti glavu nego je sam nositi pod nož krvnika da me zakolje kao brava? Pa šta i za moju glavu, ali valja mi je čuvati za tebe, zjenice moja! Miruj, dušo, dadne li bog, bit će bolje, i sretni ćemo se naći. Čuvala te bogorodica. Zbogom.

— Junače moj! Druže moj! — zajeca Dume na njegovim grudima.

— Zbogom! — poljubi vojvoda ženu u čelo i odjuri za četom, a ona kleknu na pragu, rukama pokrivajući gorke suze svoje. O ponoći krene šest stotina junaka i drugoga naroda na Velja senjska vrata. Žalosno iđahu pred njima vojvode, muklo tutnjaše bubanj, tužne, poniknute glave koracahu junaci. U svačijem oku mogao si čitati pitanje? Šta će to biti? U svačijem oku odgovor: Jao grešnicima! Muklo tutnjaše bubanj, gubeći se dalje i dalje u šumama u gorama, ta ondje, gdjeno se rađa — bura.

Dne 29. siječnja 1601. ujutro zagrmješe sa zidina senjskih topovi, zazvoniše sa tornjeva senjskih zvona u slavu sjajnoga gospodina baruna Josipa Rabate, carskoga povjerenika i punomoćnika, koji je zajedno sa biskupom Dominisom unilazio u grad na čelu vojske od dvije tisuće ljudi, i to na Velja vrata, jer mu bura ne dade da uđe u luku. Sumorno, blijedo, ukočena oka njihaše se pod širokim pernatim šeširom to krupno, bešćutno tijelo; general kanda nikada ni gledao ni vidio nije, ni one male satnije njemačkih pješaka što mu pred kaštelom učini počast. Četa za četom uniđe na gradska vrata uz svirku i bubnjavu, četa za četom zakrenu u kaštel, stojeći kraj vrata na trgu grada, i draguni, katane, oklopnici, mušketiri, arkebuziri, kopljanici i topnici sa lumbardama svojim. A grad bje nijem, a grad bje pust, sva kućna vrata zatvorena. Najzad uniđoše i njemački mušketiri, ali ne zakrenuše u kaštel, kao ni lumbardaši. Ovi naperiv svoje lumbarde pred kaštelom na kuće grada, postaviše se gorućom šibom uz njih. Nijemci, napuniv muškete, raziđoše se na sve strane da po kulama, vratima i zidinama zaokupe straže razoružav uskočkoga stražanina.

Na svakom kraju ulice postavi se mušketir; kapetan Odoardo Locatello zaključa svojom rukom Velja i mala gradska vrata. Ujedanput otvoriše se opet vrata kaštela. Iz njih izađe kapetan Grasello, bubnjar, dva pješaka i profuz. Ta četica, prolazeći cijelim gradom, zaustavi se na svakom uglu, i profuz pročita glasno ordonanciju carskoga komisara:

— Svatko da se pokori bez prigovora pod gubitkom glave. Zabranjeno je svima plijeniti i voziti se barkom po moru. Plaćenici bit će premješteni u gornju krajinu. Za jedan dan ima se svatko prijaviti na kaštelu i zapisati svoje ime. Gusari i zlotvornici imaju se za dva dana sami staviti pred sud. Tko prigovara najmanje, izgubit će glavu. Nitko ne smije nositi oružja, nitko ne smije izlaziti iz grada ni danju ni noću. Tko se ne prijavi komesaru, izgubit će glavu.

I pod Posedarićevom kućom zatutnji bubanj, i pod njegovim prozorom rastrubi nezgrapno grlo profuza krvničku ordonanciju u svijet. Knez Martin stajaše na prozoru. Velika suza skoči na lijepo mu oko, grčevito stisnuv šake pred lice, uzdahnu:

— Oh! gdje si, slobodo junačkog mi zavičaja? — Ali ne bje mu odgovora, ta grad bijaše nijem, bijaše pust kao mrtvac u raki. Ali čuj! Eno ti odgovora! Pred lukom ziblju se galije generala Paskvaliga pod mletačkim lavom. Čuj! Čuj! Na galijama se pije, na galijama se svira, na galijama se pjeva: — Morte ai Segnani

VIII.

Mutan dan sterao se nad gradom, sivi oblaci gonili se nebom, more žamorilo po pustoj luci, oblizujući žal kao zmija kad traži plijena, a sa gore hujila bura, zaglušujući tužno jecanje crkvenih zvonova, muklu bubnjavu bubnjeva; samo na časke čuo si teške korake mrkih arkebuzira, koji četimice obilažahu gradom da pretraže sve uskočke kuće, da skupe što je u njima bilo blaga. A grad bijaše pust, kao da je narod u zemlju propao, grad bijaše mrtav, prazan kao noć bez zvijezda, kao srce bez ljubavi. Samo katkad pojavio se ulicom koji sluga božji u crnom ruhu, mutna oka, poniknute glave, kanda ide blagosloviti grob; samo katkad si vidio kako koji Uskok vojnik polagano bez oružja ide na kaštel da zapiše ime svoje. Mnogi pođe, ali mnogi se i ne povrati. Pred kaštelom stajahu troja vješala, a na svakom zibalo se blijedo truplo uskočkog junaka, ruku natraške svezanih. Kraj prvih vješala sjeđaše na zemlji žena, savijajući ruke oko koljena. Crna joj kosa padala rastresena ispod crvenkape niz mrko čelo, niz zlatni đerdan, niz bijelu košulju. Tamno joj lice bilo se stvorilo kamenom, a crnim očima piljila je u truplo na vješalima ne trenuv ni okom, ne prosuziv suze.

— Makni se, ženo! — viknu stražanin — šta tu sjediš te buljiš u toga obješenjaka? Nije ti tu mjesto!

— Ta gdje? — odvrati mirno žena, odmjeriv mušketira — ovo je moj čovjek! Gdje ti je duša? Daj da ga se bar još jedanput nagledam. — Prijatelju! — pristupi neka starica vojniku — ded, molim te boga radi, reci, znaš li ti za moga sina; Pero Radaković mu je ime. Jutros pođe amo na kaštel, a još ga nema kući. Bit će ti za dušu!

— Ne znam. Mani me se! — odgovori stražanin — ako je lopov, kao što ovi, valjda će i njega objesiti.

— Prijatelju, gospodine! — zakuka starica — pusti me generalu da mu skute cjelivam — — —

— Natrag, bako! — viknu mušketir — ili ću te kundakom.

A bijedna starica lomila ruke i pritiskala suzno lice na tvrde zidine kaštela. Da ga omekša? Kamen da ima srce, kad ga nemaju ljudi? U kuli kaštela sjeđaše za malim stolom Rabata premećući hartiju, a do njega stajaše poručnik Capogrosso.

— To je dakle popis svih tih kukavica? — reče general.

— Koliko ih nađosmo. Budonović, "Crni Niko" — a navlastito onaj đavo Juriša utekoše nam sa jedno šest stotina momaka.

— Jesu, grom i pakao! Da znam tu hulju koja im je tajnu odala!

— Zaslužila bi doista vješala.

— I bi. Jesu li Dalmatinci pohvatani?

— I povezani. Još danas, čim bura malo jenja, predat ćemo ih mletačkomu generalu.

— Bene. Jeste li zabilježili sve Uskoke, kojih smrt zahtijeva Paskvaligo?

— Još danas bit će obješeni.

— Je l' oružje Uskocima oduzeto? Kuće pretražene?

— Jest, sve po vašoj zapovijedi.

— Dobro. Prije nego ih smaknemo, ostaje nam dvoji posao. Ali uistinu vrlo težak. Šta će — ?

— Ali Paskvaligo veli da je to prvi uvjet.

— Nu kamo ćemo?

— Prepustite to meni. Ali šta velite za vojvodu Daničića?

— Tu ne mogu ništa učiniti. Javite to Paskvaligu, recite to i biskupu. U Gracu mi rekoše da ne dirnem u Daničiće. Ondje ih osobito milostivo gledaju. Ali ako nas za one druge pozovu na odgovor?

— Svalite svu krivnju na mene, a ja ću uteći. Vi ste čist.

Uto uniđe zastavnik goričke vojske i, dotaknuv se rukom klobuka, reče:

— Gospodin kapetan Danilo Barbo moli da smije doći pred lice gospodina generala.

Rabata se trznu.

— Nek uniđe — reče časniku — a vi, Capogrosso, idite po svom poslu. Kad ga ovršite, javite mi. Da, vojvodu Marglitića iz Ledenica ne zaboravite!

Pobočnik iziđe pokloniv se, a u isti čas stupi u sobu kapetan Barbo. Oko mu zasinu čim opazi generala, a ovaj, ne dignuv oka, virio je nepomično u hartiju pred sobom. Prvi put poslije dugo godina bijahu ta dva čovjeka opet nasamu.

— Na vašu službu, gospodine generale — progovori kapetan.

— Gospodine kapetane! — prihvati Rabata suhim glasom svejednako gledajući u papir — vi znate vrlo dobro, pošto sam amo došao -

— Znam.

— Vi znate šta je volja i želja njegove carske i arcivojvodske svjetlosti -

— Kojoj sam vazda dušom i srcem neumitan i prevjeran sluga bio.

— Za prošlost vas ne pitam, ali sada kanda vam je vjera malahnula. Vaše mi se vladanje nikako ne mili, kapetane. Vi ste ovdje bili glavarom, a ne umjedoste zauzdati toga lupeškog čopora, ne mogaste gusare odvratiti od opačina i zlodjela kojima vrijeđahu imetak i čast mletačke republike, i po toj vašoj mlitavosti zadaste našoj vladi mnogo neprilika. Da, kad sam ja kao komesar ovamo poslan bio da ukrotim gvozdenom rukom tu uskočku zvjerad, ne zapriječiste da umakne veći dio tih lupeža, a na čelu ima Juriša Orlović. A i sad, gdje sam sjeo suditi sud zatvorima, nema mi od vas pomoći.

— Vi me, gospodine generale — odvrati Barbo — pozivljete da se opravdam. Dobro. Mnogo mi toga nabaciste, zato vas molim da me slušate.

— Izvolite sjesti, gospodine kapetane! — mahnu Rabata rukom, ne pogledav ga.

— Da nijesam neprijatelj Uskocima? I nijesam. A zašto bih i bio? Prejasna habsburška kuća, koju ja pošteno služim, ima dva neukrotiva neprijatelja: Mletke i Turčina, to su i moji neprijatelji. Proti Mlečićima borio sam se, kako i sami znate, već za mladih godina na Soči, a poslije i proti Turčinu, a za Mlečiće predobro i sigurno znam da su radi carstvu oteti Primorje. Najveći pakao i najopasniji neprijatelji Mlečićima i Turčinu jesu Uskoci — i zato im nijesam neprijatelj. Ubijte njih, izvadili ste austrijskoj vlasti temelj u ovim stranama. Senj u rukama uskočkim jest orijaš sa dvije gvozdene ruke, desnicom kroti krilavog lava, ljevicom osmanskog zmaja. Ubijte toga orijaša, do senjskih vrata vladat će vam bosanski paša, a u Senju mletački providur. Nijemci, Talijani ne obraniše Senja. Velite da su gusari, razbojnici. Tako viče na njih sav svijet, a ti crni glasi potječu iz Mletaka, i jer Mlečići imaju svojih poslanika, agenta, uhoda po svem svijetu, a Uskoci nikoga, i jer Mlečići imaju pune galije zlata, a Uskoci ni šuplje pare, i jer su Mlečići glatka, milozborna gospoda u svili i kadifi, koji u potaji ubijaju otrovom, a Uskoci surovi, srčani junaci bez mnogo riječi u crvenim kabanicama koji samo na očitom megdanu ubijaju poštenom sabljom — zato vjeruje svijet da su Uskoci gusari i razbojnici. Ali ja ih poznajem i znam da to nije istina. Junaci, pošteni, neglatki da, katkad kruti — ali vrijedni, valjani. Da idu po moru biti boj! Iz Graca ne dobivaju plaće, Mleci im krate trgovinu; zemlje nemaju, ali žena, djece, i junačkih rana, a nitko ih više nema na junačkim grudima, nitko nije više krvi prolio za kralja od Juriše Orlovića, a sad pitam vas, gospodine generale, jesu li zaslužili vješala?

— Uistinu — odgovori Rabata griznuv usnice — vi ste, signor Barbo, više odvjetnik Uskoka negoli carski kapetan, koji se ne bi imao pačati u politiku već slušati samo zapovijedi.

— Ja sam vojnik, plemić, poštenjak, illustrissimo, vikao govoriti istinu pred bogom i svijetom, a ovdje nijesam advokat, već mi je dužnost govoriti istinu za onu četu kojoj sam postavljen zapovjednikom. Generale! Vi počeste ovdje krvav sud! Zorne junake vješate, druge progonite kao nijemu zvijer, vaši vojnici plijene kuće, majke, žene, djeca cvile i nariču, grad je mrtav, da, i crkve, to jedino utočište bijednih ljudi, prazne su; vi šutite kao kamen, vi samo hvatate i vješate, a narod očajava!

— Šutite, kapetane! — skoči Rabata na noge — za svoje čine odgovaram samo caru i bogu!

— Bogu! — — Generale, ako vas je bog čuo! Nu pustimo vašu savjest. Čujte me! Sad govori plemić Danilo Barbo plemiću Josipu Rabati. Gledajte na mom srcu ova tri križa! To je moja majka, moja sestra, moje sestre i — vaše dijete, tri žrtve vašega nemilosrđa. Giuseppe Rabata! Sjećate li se Gorice, pamtite li Karlotu, moju bijednu Karlotu? Tri su to smrtne rane na mojem srcu, tri glasa osvetnika do boga. Evo, ja vam poklanjam te tri žrtve, ja se odričem osvete, ali ostavite ovaj bijedni narod na miru. Zaklinjem vas, Giuseppe Rabata! skinite vješala, otpravite mletačkog komesara Barbara koji se, kako dočuh, sprema u Senj, ne kaljajte svojih ruku uskočkom krvi na štetu cara i gospodara — i od mene vam sve oprošteno!

— Kapetane! — ruknu Rabata blijed na smrt — jeste li ikad vidjeli pismo zapovjednika na kome stoje kolo i vješala? Znate li vi da sam punomoćnik carev, sudac na život i smrt?

— Znam — odgovori Barbo mirno — tako dakle? O, ubijte me! Moja oporuka je u rukama generala Đure Lenkovića, koji će je otvoriti čim poginem. I za vas ima u njoj zapis. Ubijte me, ili, ako ste čovjek, iziđite mi na junački ogled!

— Danilo Barbo — zadrhta Rabata od bijesa — vi nijeste više kapetanom, ja vas lišavam časti senjskoga zapovjednika, i za dva dana da ste mi ostavi ovaj grad!

— Dobro, Rabata! Ja ionako nemam ovdje više posla. Ova tri križa življe mi zapekoše srce. Svaki drži se svoga posla, vi vješala — ja osvete! — I razjaren ostavi kapetan sobu.

— Generale! — viknu Capogrosso, provaliv u sobu — valja brzo raditi. Sve sam pripravio. Dobit ćemo, ako bog da, i Orlovića!

— Čekaj da se predomislim — oklijevaše Rabata.

— Sjutra će doći Vittorio Barbaro i donijet će pet tisuća cekina!

— Idi, radi kako znaš — odvrati general spustiv se na stolac.

*

Dvadeset draguna sa kornetom pojuri na brzim konjima put franjevačkog samostana. Pred vratima zaustavi se četa, a na kraju svake ulice namjesti se po jedan konjanik. Kornet sa dva vojnika siđe s konja i, provaliv u samostan, zapita brata vratara:

— Gdje je gvardijan?

— Evo ga gdje ide ovamo hodnikom — odvrati fratar plaho.

— Gvardijane! — reče časnik patru Viktoru, koji je upravo nadošao bio, staviv mu ruku na rame — moj ste sužanj u ime gospodina komesara. Pođite sa mnom!

— Kamo? Što sam kriv?

— Buntovnik ste. Naloženo mi je da vas predam kapetanu mletačke galije da vas povede u Rim pred sud.

Fratar se zgrozi, ali draguni, uhvativ ga pod rukom, izvedoše ga na ulicu, i dragunska četa tjerala je golim sabljama redovnika do luke, gdje je velika mletačka barka sa dvadeset arbanaskih vojnika čekala. U isti čas dovukoše arkebuziri na lancu dvadeset Dalmatinaca do luke. Žalosni, oborena, blijeda lica koracahu nevoljnici. Dvadeset i više godina bijahu živjeli u Senju, pobjegnuv od krvnika lava, a sad ih povrati Rabata mletačkoj nemilosti, jer tako je želio mletački general — Paskvaligo. Okolo luke stajahu vojnici držeći navinute puške, ali iz kuća provališe ljudi hrleći za vrijednim redovnikom komu su guste suze kapale niz staro lice. Žene, djeca, starci — svatko je kušao dotaknuti se njegova skuta. Došav do mora, reče dragunski časnik zapovjedniku mletačke barke: — Pozdrav od njegove ekscelencije gospodina baruna Josipa Rabate jasnoj sinjoriji. Evo predajem vam, gospodine kapetane, fratra buntovnika da ga povedete u Rim, a izviše predajem vam dvadeset dalmatinskih zlikovaca, neka im sudi sjajna republika, njihova gospodarica, po svojoj želji. I ostale ćete dobiti čim ih pohvatamo.

Grozan jauk zadrhta zrakom. Okovani nevoljnici klekoše zadnji put plačući na ovaj kamen koji im toliko vremena slobodnim utočištem bijaše, a sijed starac među njima poljubi tu svetu hrvatsku zemlju. U jedan hip kleknu i ostali svijet, a starac redovnik dignu oko k nebu, raširi ruke drhtavice nad pukom i zavapi kroz plač:

— Bože milosrđa! Svrni okom na ovaj bijedni narod! Izvedi ga iz tmine i pustinje na svjetlo spasa i istine! Zbogom zemljo moja, kolijevko moja! Zbogom, narode moj! Bog te blagoslovio!

— Blagoslovi i mene! — zavapi knez Posedarić, izvinuv se iz svjetine i kleknuv pred redovnika: — Oprosti im, oče, jer ne znaju što čine!

I udari svjetina u glasan plač, a fratar položi slabu ruku na glavu junaka. Ali u taj par priskočiše mletački vojnici, ugrabiše slugu božjeg, ugrabiše bijedne Dalmatince i odvukoše ih silom u barku, a arkebuziri i draguni rastjeraše narod sabljom i kundakom. U kući Posedarićevoj sjeđaše do prozora Klarica vezući, a do nje stajaše Đure Daničić, zadubiv svoje oči u lice krasne djevojke. — Đure! — prihvati djevojka dignuv glavu — veliki li smo grešnici kad nam bog nasu u čašu radosti toliko pelina. Mišljah da će nam skoro osvanuti sreća, a eto nam je zagrnu crn oblak i — sam milostivi bog zna, kad li ću vaša biti.

— Utješite se, Klarice draga! Smijemo li pomišljati o sreći gdje se svuda nesreća odaziva, smijemo li se veseliti gdje drugi plaču? Koliko li poteče nevine krvi ovih dana? Oh, Klaro, junačko srce svija mi se od boli kad vidim šta tu biva. Ah, da ima pomoći, da možemo krvnika uništiti. Ali mi smo zatvoreni u gradu, malo nas je, i narod je klonuo duhom, a krvnika čuvaju lumbarde i cijela vojska. Užasno je to!

— Ah, eto nam oca — primijeti Klarica virnuv iz prozora — baš mi je drago da dolazi, jer nijesam rada da je u takvo vrijeme van kuće. — Zamalo uniđe knez Martin u sobu, mrk i nijem. Baciv kapu na stol, sjednu u kut, stiščući šake na koljena, spustiv nujnu glavu.

— Đure — reče napokon — znaš li, Mlečići odvedoše gvardijana.

— Mlečići?

— Ja slutim za izdaju!

Ali još ne bje knez svršio riječ, a u sobu stupi poručnik Capogrosso.

— Čast mi je pokloniti vam se, gospodine kneže; njegova milost, gospodin carski komesar barun Josip Rabata pozivlje vaše plemenito gospodstvo na dogovor u važnu poslu, da se, koliko mislim, privedu Uskoci na red.

Klara problijedi, a vjerenik joj se prenu.

— Gospodin Rabata mene? — dignu knez u čudu glavu, — čudim se. Međutim odmah dođoh za vama, gospodine, i bit će mi drago, mogu li mu biti od koristi.

Capogrosso omjeriv rukom mladu i vojvodu, pokloni se i ode rekav da su poslovi vrlo prešni.

— Ne idite, oče! — zagrli djevojka oca.

— Zašto da ne idem? — odgovori knez — možebiti mogu kako umekšati vuka i olakšati narodu bijedu.

— I ja ću s vama! — doda Daničić.

— Nipošto! Ti mi čuvaj kuću. Nadam se da ću se skoro povratiti.

— Oh, dođite, dođite skoro, slatki oče! — moljaše djevojka, a suza joj skoči na oko.

— Miruj! Ima te tko čuvati! Zbogom, djeco! — reče knez poljubiv djevojku u čelo i podav ruku Đuri.

Ura za urom minula; govorkajući milo, čekahu zaručnici; ali još ne bje kneza kući. Majka Lucija bila je već dva puta poslala služavku neka knez k njoj dođe, ali joj Klara odgovori da ga još nema.

— Korite nas žene — reče Klara zaručniku — da smo brbljave, ali kad se tek vi muževi sastanete, nema govoru ni kraja ni konca. Šta li će smisliti u kaštelu; nu sad će, mislim, skoro doći. Ded, Anice, pogledaj pred vrata, ide li gospodar? Ali čekaj! Đure, molim vas, idite vi u susret. Vi mi ga dovedite.

Mladi vojvoda pobrza put kaštela. Vrata bijaše zatvorena.

— Otvori mi! — reče straži.

— Ne smijem, gospodine! — odvrati mušketir — ove noći ne smije nitko unići ni izići.

— Ali moram generalu! — nastavi Đure uzrujan.

— Ne smijete ni vi ni drugi po generalovoj zapovijedi.

Zbunjen stajaše mladić pred vratima. Nečemu se domisli. Brzo zakrenu u ulicu kraj Veljih vrata u stan kapetana Barba. Ne nađe ga, i povrati se Klari. Djevojka se prepa opaziv zaručnika bez oca.

— Otac, gdje mi je?

— Ne znam.

— Bijeste li u kaštelu?

— Ne puštaju nikoga unutra.

— Ni — ko — ga? Bože! Bože! — uhvati se djevojka za glavu, hodajući nemirno po sobi, zatim nastavi: — Idite, idite, molim vas, potražite Barba — —

— Ne nađoh ga, Klaro!

— Dakle Hreljanovića, Mikulčića — idite biskupu — idite, pitajte — ja ne znam ništa — ništa!

— Idem! Zbogom, Klaro!

— Već je i kasno — ali molim vas, idite, pa mi javite sutra — ili još danas — vi ćete to bolje znati — meni je krv sunula u glavu. I opet poleti Daničić prema kaštelu. Ujedanput doču niz ulicu silnu trku. Opazi gdje leti čovjek raširenim rukama bez daha, a za njim časnik sa četom goričkih vojnika. Sad dostignuše vojnici bjegunca.

— Pomozi, Isuse! — zavapi čovjek, ali časnik zarinu mu straga mač kroz rebra i čovjek klonu u svoju krv.

— Šta si tražio, dubrovačka psino, u Senju, to si dobio! — nasmija se gorički časnik izdišućemu ranjeniku.

Ali Daničić poleti dalje, sva mu je krv kipjela, a srce spopadao neobičan nemir.

Baš je odbilo osam na stolnoj crkvi Sv. Jurja kada dođe na trg pred kaštel; vrata bijahu zatvorena. Straža stajaše kao kamen. Ali čuj! Iz kaštela orio se bubanj, čula se riječ vojničkog zapovjednika. Vrata se otvore. Iz njih proplamti crveno svjetlilo zubalja, u kojima se čudno ljeskahu puške i kacige mušketira. Iz vrata iziđe pedeset vojnika bakljonoša i dvije satnije pješaka pod puškom. Bakljonoše razrede se u kolo, pješaci svrstaju se zdesna i slijeva kraj vrata. Četiri momka prislone nad vratima dugačke ljestve. Sad se popinje jedan momak na ljestve. Nešta nosi pod rukom. Sad je navrh ljestava. Zabija klinove. Sad je nešto objesio.

— Ha! ha! ha! Felice notte! — nasmija se momak. Bubnji zatutnjiše, baklje planuše, a užasno rumenilo zadrhta na dvjema krvavim glavama, koje su visile nad vratima kaštela, na glavi ledeničkog vojvode Marka Marglitića — i kneza Martina Posedarića.

Krv šinu mladiću u glavu, oči mu se zamute, bubnjava mu šumjela mozgom. Sve mu se činjaše tlapnjom. Nestade zubalja, nestade vojske, straža zaklopi vrata. Sve mu se činilo tlapnjom. Ali nije — tlapnja, ah, nije! Znoj mu skoči na čelo, rukama uhvati glavu. Da, da, da, istina je, cijela, grozna istina! Istinu pokazuje bijeli mjesec, sterući svoje svjetlo na lijepo blijedo čelo, na otvorene velike oči, na crnu kosu — na krv Martina kneza

Posedarića. Zazeblo mladića, a glava mu gorjela; tisuću noževa da mu je sjelo u srce, ni kapljica ne bi bila skočila na grudi. A sve bijaše nijemo, sve gluho — sred puste zimske noći. Jedva živ hvataše se mukom zida i, hodajući natraške, udaljivao se malo-pomalo od groznoga pozorišta, a zatim trčaše uz ulicu, niz ulicu, bez uma, bez glave, trčaše gradom kao zvijer pune dvije ure. Tri puta dođe pred Klarinu kuću; na njezinu prozoru drhtaše svjetlo. Ali ne — nije smio unutra. Uto mu sinu misao. Zakrenu natrag uzbrdo. Pred kućom kanonika Tvrdiševića stade i poče lupati halkom. Bez duše pade pred starcem na koljena.

— Vi ste Klari — kum! Rabata ubi joj oca. — Krvava glava visi nad vratima kaštela — ona ne zna — recite joj vi — ja ne mogu!

IX.

U rano jutro pođe mladi vojvoda sa ocem u kneževu kuću. Mladić nije vidio je li noć ili dan, sjaje li sunce ili mjesec, mladić nije ćutio je l' zima ili ljeto, mladić nije opazio kako bijesni vojnici kundakom tjeraju žene, djecu, starce ulicama. Mozak u glavi bijaše mu kamen, a srce je kipjelo kao senjska bura. Uspeše se na stube. Vrata bijahu otvorena. U kutu šaptaše sjedoglavi kanonik Tvrdišević sklopljenih ruku tihe molitve. Šuteći stajahu do prozora Barbo, Hreljanović i patricij Homolić, a na postelji sjeđaše obučena rasute kose — Klara. Složiv ruke u krilu, buljaše ukočenim očima pred sebe. Reć bi da je od kamena. Samo katkad drhtnu joj usna, liznu iz crnog oka bjesomučan plamen, samo katkad skoči na crvene nabrekle vjeđe živa, gorka suza. Bijaše nijema, gluha, slijepa, samo u glavi vrtjeli joj se usijani moždani. Mladić zaustavi se na pragu.

— Je l' da je živ? Je l'? Recite, Đure! — skoči djevojka munjimice prema mladiću — imajte milosti. Živ, živ! To sve je san — san! — nastavi pritišćući prste čelu — san? san? Kriste bože! Nije, nije san! Oca mi ubiše — oca — oh! oh! oh! — i baci se licem na postelju.

— Klaro! — stavi joj mladić ruku na rame.

— Ne dirajte me, Đure! Sve tijelo mi je jedna rana! — pridignu se poslije časka djevojka. — Joj! Joj! Samo da pameti nemam — da mi je leći u crnu zemlju! Tebe — tebe junaka — diku — zvijezdu — tebe, oče, razderahu vuci — tebe smače krvnik, krvnik Rabata. — Recite, je l' toga čovjeka rodila majka? Zna li on što je srce, što je suza, što je dijete? Ubiše — -

Suznih očiju, nijemi gledahu svi jadnu djevojku.

— Ubiše? — ozva se mukli glas od vrata. Svi krenuše glavom. Na pragu stajaše slijepa, zgrbljena majka Lucija upirući se u štap. — Čula sam krič i spuzih niz stube amo. Ubiše? Koga? Nikolu?

— Ah, babo, slatka babo — baci se Klara zdvojno pred staricu, obujmiv joj koljena — ubiše mi oca, Rabata mu skinu glavu — babo, babo moja!

— Martina? — vrisnu starica zadrhtav, i slijepe joj se oči zavrtješe grozno — bože! — jesi li spavao? Oprosti mi taj grijeh! — prekriži se starica triput. Muškarci priskočiše da je pridrže.

— Ukraj! — viknu stara — gdje je? Gdje mu je truplo? Povedite me k Rabati.

— Ali, kumo! — utješi je kanonik.

— Povedite me k Rabati! — lupnu starica srdito štapom u zemlju. — Vi me, kume kanoniče, povedite, i Đure — jesi li tu? I ti pođi. A vi ostajte mi kod golubice! Čuvajte je. Idem po sina.

Kanonik i vojvoda uhvatiše staricu pod rukom da je povedu u kaštel. Polagano koracaše u papučama stara zgrbljena kneginja. Suznih očiju gledahu je po ulicama mrki senjski junaci. Straža htjede im kratiti ulaz, ali Đure gurnu mušketira na stranu. Pred vratima Rabatine sobe stajaše poručnik Capogrosso.

— Vodite nas generalu — reče vojvoda.

— Ne mogu, kod njega je mletački izaslanik, gospodin Vittorio Barbaro.

Vojvoda odrinu poručnika od vrata.

— Ukraj, krvniče! — zaškrinu mladić zubima, i otvori brzo vrata.

U sobi sjeđaše Rabata, a do njega Mlečić Vittorio Barbaro, poslanik generala Paskvaliga.

— Tu je — šapnu kanonik starici. General skoči na noge.

— Tko je smio? — zaviknu Rabata.

Starica trznuv se, osovi glavu, zatim progovori:

— Ja, kneginja Lucija Posedarićka. Jesi li ti tu, Rabata? Gdje mi je sin, moj sin Martin? Po njega dođoh. Gdje mi je sin? — Šta me pitate? — promrmlja Rabata — bijaše buntovnik, objesih ga, skinuh mu glavu.

Starica se propne. Žuto joj lice omrknu pod bijelom maramom, a mrtve oči točijahu se kao dva staklena koluta. I dignu štap:

— Ded! Gdje si, zlosine? Da te se dodirnem — vriskaše Lucija tražeći štapom po zraku — objesio Martina? Plemića? Kneza? Junaka? Kao roba! Vidiš, jakrepe! Ja sam slijepa, stara majka. Mlađeg mi dvadeset godina nema. Osta mi stariji, moj štap. Ti si ga slomio. Osta mi jedinica unuka, ti je ubode usred srca. Ti — krvopijo koji gaziš lice carevo! Ti si se napio slatke krvce čeda koga sam nosila pod srcem, ispraznio si mu srce do zadnje kapi, a meni nisi ostavio ništa.

— Ženo! — kriknu Rabata.

— Šuti, kugo ljudska! Dođoh ti u pohode. Vidiš li ovo suho drvo u mojim rukama? Osušio se tako i ti, i kad se to drvo zazeleni, cvala ti sreća. Nogom si me turnuo u grob, bog ti ne dao svete zemlje, ni uskrsa, i kad dođemo zajedno na sud božji dat ću bogu pravedniku ovaj štap, a na njemu urezane tvoje grijehe krvlju našega roda. Sina mi daj! Mrtvog sina da ga zakopam! Sina mi daj! — I starica klonu Daničiću na ruke.

Rabata, prisloniv se blijed o zid, drhtaše. Po njegovu čelu treptjele bore; blijede modre oči zabadale su u tlo, a ljevicom pritiskaše na srce; a Mlečić stajaše kao kamen.

— Vojvodo! — ruknu Rabata — platit ćete mi što dovedoste amo tu ludu ženu.

— Već nijesam vojvoda! — dignu Daničić glavu — poslah svoju ostavku u Gradac. Ja sam Đure Daničić, velikaš kraljevine, vlastelin senjski i narečeni zet Martina Posedarića, koga iznenada ubiste. Dajte nam mrtvaca!

— Generale! — provali bez daha u sobu mlad časnik pod kalpakom u žutoj dolami — ja sam Borisavljević, časnik garde generala Lenkovića. Što me je konj nositi mogao, letio sam amo. Evo vam pisma od mog generala. Čitajte! — Rabata svrnuv oko na pismo, protrnu.

— Da ne dirnem u Posedarića? — reče muklo — prekasno. Objesio sam ga. Capogrosso, predajte tim ljudima truplo.

— Toga junaka? — prestravi se hrvatski časnik.

X.

Lagano dizao se mjesec na planine. Uskom tmurnom ulicom iđahu dva čovjeka.

— Capogrosso! — reče prvi — dobro ste obavili svoj posao. Glava je zmiji pogažena. Vijeće desetorice odužit će vam se kako ste zaslužili.

— Hvala vam, signor Barbaro! Još prekosutra da krenemo divljake iz Senja, pa prejasnu republiku neće više boljeti glava.

— Ali je mnogo tih hajduka van grada?

— Dosta ih se povratilo. Zatjerasmo im žene i djecu u škripac, pa im to potajno doglasismo, i tako dođoše na milost, a prekosutra ih otpravismo u Otočac. Je l' Rabata primio plaću?

— Izbrojih mu pet tisuća cekina i predah mu od sinjorije veliku zlatnu kolajnu. Vrijedi dvije tisuće cekina. Ta je Posedarićeva glava dosta skupa. Ali pukao bih od jada što ne ugrabiste Jurišu.

— Mudar je on, i Rabata ga se nešto boji, osobito otkako je primio Lenkovićevo pismo. A da, vi ste osobito kivni na Jurišu, signor Vittorio, on vam je oteo lijepu Bodulku.

— Jesam, sangue di dio, da ga imam! Ali gdje je ona?

— Ta ovdje u gradu. Hoćete je? A, per Bacco! — lupnu se poručnik dlanom po čelu. — Sunu mi nešto glavom. Kako bi bilo da vam priskrbimo Dumu i uhvatimo Orlovića, u jedan mah?

— Kakva je to đavolska dosjetka? — nasmija se Vittorio.

— Pustite mene. Dođite sa mnom!

Oba zakrenuše za ćošak. Proverav se kroz nekoliko uličica, dođoše do kolibe blizu gradskoga zida. Poručnik kucnu tri puta na prozor. Za časak sinu iznutra svjetlo, a za drugi čas otvoriše se vrata. Mlečići zađoše u kuću. U malenoj mračnoj komori stajaše postelja pokrivena gunjem, raskliman stolac, star stol, a na njemu svjetiljka i boca rakije. O zidu visijaše puška, nož, torba i velika srebrna slika Bogorodice.

— Oj vi, gospodine! — stade kuštrav riđoglavac otirati oči. — Ta šta vas nosi amo u to doba? Već je i minula ponoć. Malo prije čuh kako straže doviknuše.

— Bogdaniću — prihvati Capogrosso sjednuv na postelju i dignuv cekin uvis — poznaješ li ti to?

— E, kako ne bi — isceri Bogdanić zube — cekin!

— Za to se dobiva mnogo rakije — nastavi časnik, dočim je Vittorio kraj vrata stajao.

— E dabome — odvrati Uskok.

— Za glavu crnoga Nike dobio si danas deset cekina.

— Jesam, i vrijedila je.

— Pa kako ga ulovi? — zapita Vittorio.

— E, gospodine — Bogdanić će — lijepo. Ali bio je to i magareći posao. Da ga živa donesem! Jesam li dadilja, a on ludo dijete? E, onako kvrc iza pećine — za to se mnogo i ne pita; ali — živa! Pustiše me iz grada. Ja izvadim nož, zarežem nožem malko ruku, te je briznula krv. Sve na skokove pojurim na Orlovo Gnijezdo, gdje se po špiljama kriju Uskoci. Ja pred njih pa jadaj, pa jao, majko moja! I slagah, kako me htjeli objesiti, a ja se sakrio, i bjegao, i kako me je dragun ranio, a ja jadan sa zida skočio, pa

69

jedva glavu iznio, i više te ciganije. Bome povjerovaše. Napojili me, založili me, povezali mi ranu. Tu sam dva dana živio baš gospodski. Nađem tu i crnog Niku, budi mu duši lako! "Niko", rekoh sinoć, "peče me rana. Nešto sam ti kriv, ali evo, dosta za mene pokore, pa kršćanska smo djeca. Ded, Niko, siđi sjutra zorom malo niz brijeg, pa traži ondje pod pećinom nešta korijena za moju ranu." — "Dobro", reče Niko, "kad nas je nevolja sastavila, kanda i nije ništa bilo, riđane. Hoću!" — U zoru pođe moj Niko nizbrdice, žalosna mu majka, a ja gmižice grmom niz goru, pa uljezi za pećinom pod grm, mrtav kao i lija, kad se na tića omrsi. I dođe Niko. Ja ni makac, on sve bliže meni, a dobre pol ure od špilje. Niko se sagnu, a ja skoč' na leđa mu, zabaci mu kabanicu preko glave, sveži klečeći na leđima i glavu i ruke, prekorami ga kao vreću, pa trč' s njim bez obzira u Senj. Žao mi je, te jadnika sam ne proburazih. Gledao sam sa strane kako ga predadoste mletačkim Arbanasima, a oni urličući kao vuci spopali jadnika, pa na konopcu nebu pod oblake, ni da mu zbogom rekoše. Jadni Niko! Šta ćemo?

— Jesi hulja bez para — nasmija se poručnik.

— Šta ćete? Kad u susjeda kokoši nema, a ti ih kradi svomu gospodaru. Suho grlo ne čeka božje kišice.

— Čuj — nastavi Capogrosso — dobit ćeš trideset takovih žutaka.

— A da? Kako? — začudi se Bogdanić.

— Uhvati živa Jurišu!

Uskok uzmaknuv, počesa se za uhom, pa će nato:

— Jeste li čuli, gospodine poručniče, taj orah ne ide na svačije zube.

— Dobit ćeš četrdeset.

— Hm! Da to nije gotova glava bez ramena. Juriša je junak, ali je i lija, a pred Uskoke ne smijem. Raznijeli bi me, jer su valjda za Niku naslutili.

— Ti radi kako znaš. Namami ga u grad. Doglasi mu da je onaj mletački gospodin, komu je oteo Dumu, u Senju, i da će je sobom povesti na Krk.

— A! — zaklima Uskok glavom, omjeriv Vittorija — tako; valja vam meka. Prišapnut ću ja to brbljavomu grobaru koji vozi svaki dan mrtvace iz grada. U njega propitkuju Uskoci, pa eto vam sjutra Juriše ovdje. Za drugo se ne brinite. Sve ću vam dojaviti.

— Ali kako će u grad?

— Ne bojte se. Juriša je kao i vila. Zna svaki kamen na gradskom zidu, pa vrata su od jučer onako otvorena. Ali ne navalite na njega dok ne bude u svojoj kući, i to za jedno dvije-tri ure, da se ne dosjeti jadu.

— Dobro. Laku noć!

— Da bog da — a da! Kadno prekjučer obijah goru, dade mi neki kaluđer za vas ovo pisamce. — Uskok maši se u torbu i iznese papir. Poručnik ga primi, problijedi. Na listu bješe napisane riječi: "Ili mletačka vješala, ili uskočki nož!"

— Hajdmo! — reče poručnik zgnječiv list. I Mlečići odoše.

XI.

Već se je hvatao sumrak. More bijaše mirno kao mlijeko, po sjajnoj glačini žarila se večernja rumen, a o pol kristalnoga neba drhtahu majušne zvijezde. Nad gradom Senjem sterao se mir, mir bolesnika komu je duša na jeziku. Nakraj male uličice u zaklonu blizu trga stajaše kuća uska, nevelika, u koju se od ulice uzlazilo hodnikom na stube ili, kako Senjani vele, "balaturom", a do zemlje vidio si vrata "konobe", gdje se vino čuva. U nekoj sobici te kuće sjeđaše na šarenoj škrinji mlada žena, moleći boga, a na licima vidio si trag teških suza. Soba bijaše malne prazna. Samo je bilo opaziti dvije visoke postelje, a na zidu slika Bogorodice. Ta soba bijaše stan vojvode Orlovića — ta ženska bijaše Dume Orlovićka, mlada žena junačkog vojvode. Netko zakuca na vratima, žena se trznu, lecnu. U sobu zatisnu glavu baka.

— Dume! — šapnu žena — Dume! Dobar večer!

— Da bog da — odgovori Dume — šta vi tu, susjedo?

— Skočila sam k vama — nastavi stara — hoću da spržim malo ribice, pa valja da se vratim. Dume! Pomozi vam majka božja trsatska, zlo ide na vas; čuvajte glavu.

— Zlo? Šta bi još goreg biti moglo? Bez muža stojim kao barka na buri.

— Da ne može gore? I kako! Ima tu u Senju neki Mlečić Vittorio.

— Vittorio! — skoči Dume, problijediv i uhvativ držak noža za pojasom — Vittorio!

— Evo vidite, Dume! — Samo da mi se ne prižgu ribice. Da, da! Vittorio! Reče mi kuma Magdalena da je pričuhnula dvije-tri besjede od vojnika da se Vittorio spravlja na vas. Čuvajte glavu, zla su vremena — ali pst, ja sam to samo čula. — Laku noć, Dume, laku noć! Stišćući čvrsto držak noža, hodaše mlada žena nemirno po sobi. Prsi joj se nadimahu silovito, oči plamćahu kao od vrućice. Napokon kleknu, sklopiv ruke, pred Bogorodicu, i moljaše svom dušom, i plakaše svim srcem. Vrata zaškrinuše. Noćni dah utrnu svijetiljku. — Dume! — šapnu netko na otvorena vrata.

— Pomozi, Isuse! — vrisnu žena, skočiv na noge, i opazi pred sobom vojnika, komu se kaciga ljeskala o mjesečini.

— Dume! — viknu čovjek glasnije i, zatvoriv vrata, baci kacigu. — Dume, slatka ženo! — raširi ruke prema mladoj ženi. Pritisnuv ruku na čelo, stvori se Dume kamenom, ali za tren poleti čovjeku na grudi, kličući:

— Jurišo! Jurišo! Oh moj — moj Jurišo! Moj dragane! Moj dane! Ha! Ha! Ha! Ti si, ti si — ti! Ah, hvala ti, veliki bože. Što mu je snažna ruka dala, privinu junak ženu na svoje srce, što mu je srce dalo, sastavi usta sa usnama milovanja svoga, a iz oka kanu mu kaplja na bijelo joj čelo, kaplja kao žarko gvožđe.

— Dragane, reci poboga! — zapita Dume, uhvativ rukama lice — kako si došao? Kakvo je to na tebi odijelo?

— Čuh od grobara da je Vittorio u Senju, i za tebe da se zlo misli.

— Jest u Senju — zadrhta Dume.

— Glava mi je pucala, srce kipjelo. Prije nekoliko dana uhvatismo u šumi pijana draguna. Njegovo odijelo navukoh da mogu slobodno od Rabatine straže u grad. Zar sam smio pod svojim licem doći amo gdje čekaju vješala? Uđoh u grad, evo me! Ali šta je to? Soba prazna?

— Sve mi odniješe Rabatini vojnici, jer da je to ukradeno blago.

— Oh, božji grome! — lupi se vojvoda šakom u čelo — kakva li kuga dođe na naš rod!

— Oh, da sve znadeš, da si čuo za bijednog kneza -

— Sve znam — odvrati junak spustiv glavu. — Bijedna Klaro! Jadni Daničiću! Nu ti — ti pođi k njima, ti u ovoj kući ne smiješ boraviti sama.

— A ti?

— O zori k braći u goru!

— Ali ako te prepoznadu? — Bože, veliki bože moj! — zajeca žena — — ako — — čuj! Tko ti reče da je Vittorio ovdje? -

— Grobar.

— A njemu?

— Ne znam — — —

Netko pokuca. Vojvoda stisnu za vrata.

— Tko je? — zapita Duma.

— Ja sam — Homolićev Fran! — ozva se glas dječaka. — Evo, Dume, listić za vas! — Žena otvori vrata i uze dječaku pismo.

— Laku noć! — viknu mali i odleti.

— Zapali svijeću. Zaključaj vrata. Da vidimo! — progovori Orlović. Žena učini, a on uze čitati listić: — "Čestita gospođo! Od hrvatskog časnika saznao sam da će Orlović doći večeras u grad. Rabata zna za to. Zatvorit će vrata. Uhvatit će Vam muža. Čuvajte ga. Pozdravlja Vas Danilo Barbo." — Vojvoda problijedi.

— Neka dođu! Skupo će mi platiti glavu.

— Šuti! — prestravi se Dume. — Mnogo ih je, ubit će te, a ja? Bože, bože! Sad mogu doći. Jao, jao! Što ću nevoljna? — bjedovaše žena, ali ujedanput sunu uvis.

— Dođi sa mnom, uzmi kacigu! — Nehotice pođe Orlović za ženom iz sobe. U hodniku otvori Dume niska vratašca, i držeći svjetiljku, uđe u otvor. Muž za njom. Lagano spusti se žena niz ljestve u pivnicu. — Dođi, Jurišo! — šapnu ona dršćući. Dođoše do tla. U niskoj presvođenoj konobi stojahu bačve, sanduci, a u kutu prazan badanj. Žena odmaknu badanj, a pod njim zinu u zemlji duboka rupa. Muž se začudi, a ona mahnuv mu prstom, reče:

— Vidiš. To iskopah dočuv da se zlo sprema Uskocima, da sakrijem naše siromaštvo i — tebe. Što imasmo vrijedna, sakrih, sad ću sakriti najvrednije — uđi Jurišo!

— Ja — junak?! — uzvrti se vojnik.

— Molim te — mene radi — zamoli blagim glasom žena. Juriša skoči u rupu, a Dume, tresući se kao šiba, turnu prazni badanj na staro mjesto i, popev se iz konobe na hodnik, zatvori vratašca.

Za jednu uru sastaše se za ćoškom Orlovićeve kuće dva čovjeka.

— Poručniče! Sad je hora da povučemo mrežu — izbijeli Bogdanić zube.

— A znaš li sigurno da je unišao? — zapita Capogrosso.

— Ne fali. Ode mu glava! — Poručnik zađe u bližnju ulicu. Zamalo se povrati, a uz njega sijevalo o mjesecu dvadeset mušketirskih kaciga.

— Deset momaka ostat će na ulici — zapovjedi poručnik. — Pripravite puške! Ostali neka pretraže kuću od krova do zemlje. Pripravite puške! Bez krvi neće biti, jer je junak. Zastavnik Olcinger naprijed! — Mušketiri popeše se brzim korakom uz stube, a pred njima dugački zastavnik, noseći baklju ljevicom.

— Otvori! — grmio je časnik, dok Bogdanić i poručnik čekahu na ulici.

— Tko je? — odgovori ženski glas.

— Otvori u ime gospodina generala Rabate! — viknu Holcinger, i rastreskav kundacima vrata, provali ljuta mu četa u sobu. Sred sobe stajaše Dume. Groznica je tresla. Vojnici uzmakoše.
— Gdje je Orlović? — kriknu časnik.
— Juriša? Valjda u gori.
— Ne šarajte! Tu je, u kući. Gdje? — U taj par pojavi se Capogrosso.
— Tu? Jeste li poludjeli? — odvrati Dume naoko mirna.
— Pretražite kuću! — naredi poručnik. Četa se raziđe bukom po kući. Dugim mačem probode zastavnik postelje, izbaci posteljinu, prevrnu škrinju. Ništa! A Dume stajaše mirna. Mušketiri se povratiše. Orloviću ni traga, a Dume stajaše mirno gledajući poručnika.
— Corpo di Bacco! — lupnu Capogrosso nogom — eto nas prevari pijanica Bogdanić. Gdje ti je Orlović? — otresne se na Uskoka koji se je došuljao bio.
— U kući je — odvrati Uskok, zabodavši svoje oči u Dumu, ali ona stajaše mirno.
— Poručniče! — doleti jedan karlovački pješak — šta tu tražite? Orlović vele da se je zavukao u jednu kuću pokraj mora. Tako viču po gradu!
— Naprijed, momci! Onamo! — trgnu Capogrosso svoj mač, i da pojuri s četom put mora. Dume uzdahnu.
— Stan'te! — kriknu Bogdanić na ulici — eto konobe! Pretražite je. U njoj vam je! — Dume uhvati se za srce. Mušketiri razbiše pivnici vrata, a provaliv u nju, dignu zastavnik zublju.
— Ništa! grom i pakao! — rasrdi se poručnik.
— Čekajte! — nasmija se Bogdanić — da vidimo! — I pođe od bačve do bačve. Svaku prevali, svaka prazna. Dođe do badnja. Zaviri u nj! — — —
— Ništa! — zaškrinu zubima. — Ode četrdeset cekina!
— Naprijed, mušketiri! — dignu Capogrosso mač — prema moru. A ti huljo! platit ćeš mi!
Četa koracaše hrlim korakom prema moru.
Bubanj udaraše muklo, škadron konjanika poleti munjimice iz kaštela, sva vojska krenula k moru da pretraži sve kuće, crkve, samostane, da nađe zlotvora Orlovića. Ali u malenoj sobi klečaše Dume uzdignutih ruku šapćući kroz suze radosnice: — Bože moj! Spasitelju moj! Velik si, milostiv si; hvala ti, slava ti!
Ulica osta pusta. Mjesečina sterala se taracom. Sred ulice stajaše Bogdanić. Kušajući palcem goli nož, šapnu:
— I opet je Juriša u kući! Ne puštam četrdeset cekina. — Lagano zavuče se Uskok za ćošak i tu se zguri. Zamalo pojavi se

na pragu konobe dragun pod kacigom. Orlović ozirnuv se dva-tri puta, pođe dalje prema ćošku. Da zakrene — ali iza ćoška zabljesnu nož! Juriša klonu — ali u hip zamahnu šakom i udri — a pred njim ležaše omamljen Bogdanić.

— Huljo, zaboravi da imam košulju od gvozdene žice.

U jedan mah strgnu vojvoda sa Uskoka dugi pojas. Razderav ga u dvoje, zaveže izdajici usta, sveza mu noge i ruke pojasom. Brzo naprti Uskoka na leđa, uhvati nož zubima i ovako pohrli put gradskoga zida do Veljih vrata. Tu se uspinjahu uza zid drvne stube. Vojvoda se pope uz njih. Sad stajaše na zidu — ali o mjesecu sijevnu puška stražanina.

— Stoj! — zagrmi straža i naperi pušku. Kao munja okrenu se vojvoda, držeći svezanog Uskoka prema straži u zraku ljevicom, privezujući uže uz gvozden klin u zidu. Puška planu — Bogdanić zaruknu, ritnuv se u zraku. Pogodi ga zrno u rame. Mušketir poleti prema bjeguncima, ali vojvoda šinu uvis, dignu Uskoka i tresnu njime vojnika, stražar zatetura — i on i Uskok sunuše u dubinu — a vojvoda, uhvativ konopac, spusti se kao zmija niz uže i nesta ga u goru. Još se orila bubnjava, još se čuo korak pješadije i topot konja — i zavlada mir — tihi gluhi mir.

Drugoga jutra nađoše pod gradskim zidom razmrvljene ostanke stražanina i Uskoka Bogdanića.

XII.

O devetoj uri razlijegaše se nad Senjom gromorno zvono stolne crkve Svetoga Jurja, "confaluna i patrona" grada. Kroz visoke prozore crkve titralo sunce, sterući svoje zlato nad narodom, nad gospodom, nad kamenom. Pred oltarom gorahu silne voštanice, dim tamjana vitlao se čudno o suncu, a orgulje grmljahu širom visokog svoda. U crkvi stajaše poredano trista uskočkih vojnika pod oružjem. Na svakoj glavi sjedaše crn kalpak, na svakim prsima sijevahu toke, za svakim pojasom blistaše nož, u svakoj desnici počivaše diljka, a sa ramena padaše crvena kabanica. Pred četama stajahu vojvode pod perjanicom, zastavnici pod izderanom zastavom. Veselo titralo sunce nad njima, a oni? Mrki i tužni. Trista Uskoka, ta trista lavova. Lavova? Da, o ropskom lancu. Poći je, ostaviti Senj. Tako hoće mletački poslanik, tako zapovijeda general Rabata koji se kraj velikog žrtvenika bani sred svojih časnika. Poći je u Otočac, u Brinje, u Prozor, dalje od mora, sa ženama djecom, starcima. Zašutješe orgulje. Sva Rabatina vojska, stojeći pred kaštelom, izbaci puške, bubnji zabubnjaše, svirale zasviraše — a plač žena što su sjedile na kolima pred crkvom prodiraše zrak, i mnoga suza vinu se u crkvi niz junačke brkove. U crkvi umuknu sve. Sa oratorija gledaše zaklonjen Barbaro i poručnik Capogrosso.

— Ljepše parade nije doživjela mletačka republika — nasmija se Vittorio.

— I nije — odvrati časnik.

Sad se okrenu biskup de Dominis da blagoslovi narod. U jedan hip zadrhta, problijedi. Oku mu zape na slici, na krvavoj glavi svetog Ivana Krstitelja. Bilo je biskupu kanda živa krv teče iz glave. I dignu biskup ruku, a jače problijedi. Nedaleko od žrtvenika klečaše na kamenu u crno zavita — Klara. I kako biskup dignu ruku, dignu Klara veliko, sjajno oko — i pogleda Dominisa. "Ne mori!", jeknu tajanstven glas u njegovoj duši paklenom jekom i, svršiv blagoslov, pohiti bez obzira u sakristiju.

Polagano pomicaše se uskočki narod kroz Velja vrata na Vratnik. Vojnici, konji, kola, djeca, djevojke, starice, starci — sva ta čudna povorka komešala se gorskim putem; sve je šutjelo, plakalo, molilo, sve je to nijemo prolazilo kraj kaštela, gdjeno stajaše osovljene glave slavni junak Rabata, igrajući prstima sa velikom, zlatnom kolajnom na prsima, a uz njega blagosivljao putnike biskup. Nadođe i četa starca Milovčića.

— Zbogom, vojvodo! — podviknu mu de Dominis.

Starac se ustavi i, omjeriv biskupa okom sokolovim, reče:

— Ti blagosivlješ taj narod? Pamtiš li naš ugovor u tom kaštelu? Bog ti prostio!

Četa krenu dalje, a Dominis poniknu nikom.

Narod stajaše nad Vratnikom. Kao alem blistalo more, a iz njega provirivahu pitomi otoci. Evo i bijele crkvice na rtu, eno i starca Nehaja — evo podno gore na obali morskoj staroga slavnoga Senja — a nada svim širilo se jasno, plavetno nebo, kao čaroban krov. Još jedan hip, još jedan mig — i uminut će more, uminuti otoci, masline, Senj — kolijevka, grobovi — slava — sve što je srcu milo i drago. Tu stade uskočki narod, a preda nj izađe stari vojvoda Milovčić. I skinu kapu, i reče narodu:

— Evo, djeco! Poći nam je! Kamo? To bog zna. Još jednom pustite oko niz goru — zadnji put, još jednom poglednite slavno mjesto što vas porodi na ovaj svijet, što vam čuva kosti vaših otaca — još jednom to zlatno more, puno vašeg slavnoga imena. A sada, gdje vam je ime? Nema ga. U pustinju ideš, narode moj, pošteni narode, u pustinji odnjihat će majka svoje čedo, i samo majčina pjesma spominjat će Senjane Uskoke. Zbogom, zipko naša, zbogom, slavo naša, zbogom, štite! Pogledaj

76

još jednom ovu tvoju siročad koju pognaše da obija bijeli svijet kao ptica bez gnijezda! Zbogom! Čuvala te ruka nebesnica, i cvala ti sreća!

Muklo jecanje odazva se starcu. I kleknu narod da poljubi svetu hrvatsku zemlju, za koju je prolijevao toliko krvi — a jadna i bijedna starica dignu kamečak s puta i dade ga sinčiću rekav:

— Drž', djeni to za srce, rodna ti je to, sveta zemlja, ugrijat će ti dušu i u kasne dane!

Narod dignu se na put idući lako, lagano, dok ga nestade u pustome gorju, ali na pećini kraj Vratnika sjedaše blijedi Dominikanac pokrivajući rukama lice, plačući kao što je Jeremija plakao nad Jerusolimom.

Uvečer pokuca na Klarinim vratima kapetan Barbo. Klara sjeđaše u kutu sa Dumom.

— Dođoh — reče kapetan — da vam kažem zbogom. Za jednu uru polazim u Gradec pred nadvojvodu da mu dojavim što se tu zbilo. Vidite! Na prsima mi je uvezen četvrti križ — vaš otac. Čuvao vas bog i moj prijatelj Đure!

XIII.

U prostranoj sobi gradačkog nadvojvodskog dvora sjeđaše do prozora gospođa pristara, prosijeda, u širokom odijelu od crne kadife, pod crnom koprenom; vrh širokog i jakog joj čela blistaše dijadem od alema. Gospođa, složiv u krilo ruke, gledaše jasnim modrim okom dva čovjeka koja pokorno pred njom stajahu. Jedan od njih bijaše vojnik — kapetan Barbo, a drugi redovnik — Cipriano Guidi.

— Kapetane! — reče nadvojvotkinja, mati nadvojvode Ferdinanda — vaša me priča dira u srce. I ja sam majka, i ja razumijem da je vaša sirota majka poginuti morala, i ja mislim da u toga Rabata nema srca ni poštenja, ako je istina što mi evo dokazaste.

— Tako mi krsta, tako mi rana štono ih dopadoh za slavnu carsku kuću, sve je živa istina, prejasna gospo! — reče vojnik.

— Nu — nastavi vojvotkinja — po čemu sudite da je Rabata, smaknuv Posedarića, krivo uradio, da on nije po našu korist ukrotio Uskoke? Vaša tužba tiče se vas, nu senjski poslovi su javni, spadaju u politiku o kojoj ja, žena, malo razumijem, ali je opet Rabata pravo uraditi mogao.

— Oprostite mi, prejasna gospo, što pred vašim svijetlim licem smiono govorim.

— Govorite, govorite — odvrati nadvojvotkinja — zapovijedam dapače da govorite istinu!

— Ja mislim, prejasna gospo, da čovjek, nevjera u privatnom životu, može lako vjerom krenuti i u javnom zvanju, jer se poštenje ne da lučiti u javno i privatno.

— Istina je — odvrati žena — govorite dalje.

— Rabata je izdajica svijetle krune, čovjek naprasit, krvolok, ali opet slab i kukavica; Rabata je zadužen i rastrošen.

— Ali o izdaji govoriste?

— Imajte milosti, prejasna gospo, pročitajte ova pisma što ih ovaj vrijedni svećenik dobi od poručnika generala Rabate. Neka su od ruke biskupa Dominisa, neka od mletačkog generala Paskvaliga, a pisana su Rabati.

— Dajte! — reče nadvojvotkinja i uze čitati pisma što ih joj je kapetan predao bio.

Čitajući, problijednu časimice nadvojvotkinja. Pročitav ih, skoči na noge.

— Strahota! — viknu — istinu rekoste. Pa tim ljudima pokloni prejasni moj sin svoju milost! Ta to je upravo paklena mreža po kojoj je carstvo imalo izgubiti Primorje. Pa Dominis, taj sveti Dominis! Bože! Bože!

— Uviđate li, prejasna gospo, da je kneza Posedarića smakla ona ista ruka koja prejasnome domu htjede oteti more?

— Da, da, kapetane, uviđam i zgražam se sa opakosti ljudske.

— Jednu milost, prejasna gospo! — kleknu kapetan pred nadvojvotkinju.

— Budi vam, valjani kapetane moj!

Barbo pođe do vrata i, odgrnuv zavjese od damaska, uvede krasnu, crnooku, bljedoliku djevojku, odjevenu u crno. Djevojka kleknu pred nadvojvotkinju, i gorke suze kanuše na mlade grudi.

— Evo, prejasna gospo, suze ove nevine djevojke govore jasnije od mojih riječi. Ova bijedna sirotica što kleči pred vašim prejasnim licem jest kneginjica Klara Posedarićeva, kojoj pradjedovi prolijevahu rijeke krvi za svetu vjeru Isusovu, kojoj oca, slavna junaka, objesi sramota Giuseppe Rabata, kojoj babu ubi žalost za milim jedincem, kojoj zaručnika, junaka i plemića Đuru Daničića, progna iz Senja isti Rabata u Krajinu, pošto je uklonio ostale Uskoke, koji junak leži smrtno ranjen u borbi proti Turcima!

— Bog mu izvidao rane! — uzdahnu redovnik.

— Siroto djevojko! — prihvati kroz suze nadvojvotkinja — žalim te od srca. Govori, kakvu milost tražiš?

Djevojka dignuv glavu, pogleda velikim suznim okom nadvojvotkinju, zatim kapetana.

— Djevojka ne razumije talijanskog jezika, prejasna gospo — reče kapetan — govori samo svojim — hrvatskim jezikom.

— Šta dakle traži? Da joj osvetim oca?

— Nipošto, prejasna gospo, njeno srce ne poznaje toga čuvstva; ona traži da se njezinu ocu, njezinu rodu vrati ime i poštenje, da se njoj vrati zaručnik koga joj prije jedanaest mjeseci otkinu od vjerna srca silnik Rabata.

— Bit će joj po volji! — reče gospođa poljubiv djevojku u čelo.

Za posljednjih riječi kapetana razmaknuše se zastori visokih vrata, a na pragu se pojavi u crnom španjolskom odijelu čovjek omalen pod crnom kapom, dugačke, šiljaste brade. Zamalo koraknu u sobu.

— Hvaljen Isus, ljubezna nadvojvotkinjo i majko — progovori došljak; — nadam se da vam je zdravlje, za koje se svaki dan bogu molim, dobro. Nu u vas se skupilo društvo, kako vidim; vi se mimo vašeg običaja zabavljate politikom; vi ste — okrenu se kapetanu — ne varam li se, kapetan Barbo?

— Na službu, carska visosti! — pokloni se kapetan.

— To je don Cipriano, je l'? A ta djevojka?

— Klara, kći Martina Posedarića — odgovori Ferdinandova mati.

Nadvojvoda skupiv obrve, nastavi:

— I opet senjski poslovi? A da! Već jedanput bijaste u tom poslu preda mnom, Barbo. Tužiste Rabatu.

— Jesam, prejasni gospodaru!

— Pošto dođoste drugi put? Bio sam se sa vaše tužbe rasrdio na gospodina Rabatu i na biskupa. Nijesam generala ni pustio pred svoje lice. Ali poslije saznah da je Rabata pravo uradio, da je sve to vaša privatna osveta i spletka mojih protestantskih vijećnika koji mrze na generala. A Rabata se je preda mnom i opravdao. Što ste opet došli? Čuvajte se, Barbo; znam da ste junak, pa bi mi žao bilo vaše glave. Rabata je pošten čovjek. Idite!

— Nipošto! — zakrči mu riječ nadvojvotkinja — prejasni sine moj, čitajte ova pisma, pa onda sudite pravedni sud!

— Pisma? Čija? — zapita u čudu nadvojvoda.

— Čitajte!

Ferdinand spusti se na sjedalo.

— Valga me dios! — planu pročitav prvi list — u što sam se uštapio? Vidim, vidim tajne nokte mletačkog lava, pokarao ga bog! I s Turčinom?! — Pa ja slab — ja kukavica. O, himbo ljudska! Na svome srcu sam grijao zmiju! I lijepe senjske šume da poharaju Mlečići za šuplji dinar. Tako mi rana božjih! — skoči Ferdinand ljutit, baciv pisma na zemlju — sudit ću strašan sud! Ali — okrenu se kapetanu — Barbo! ako su pisma kriva? Ta kako mi je biskup neki dan sve živo razložio — Barbo! Ako vas je strast zanijela, ako je to lutorska ruka pisala?

— Serenissime! — stupi Cipriano pred Ferdinanda — vjerujete li da sam pravi sin crkve?

— Vjerujem.

— Serenissime! Na raspelo božjega sina zaklet ću se da su ta pisma istinita. Dva puta nas odbiste rekav: "Dajte mi dokaza!" Evo ih donijesmo. Štaviše; vaša slavna kuća nema zaista vjernijih slugu od bana Draškovića i slavnoga generala Lenkovića!

— Vjere mi, nema — potvrdi Ferdinand.

— Oni su moji svjedoci — nastavi fratar predav nadvojvodi pisma — po njihovim riječima neka sudi vaša svjetlost, govori li skromni sluga božji laž.

Ferdinand uze čitati. Oči mu plamćahu, lice mu se osu, rumenilom. Čitajući prokliknuo kadšto:

— Čuješ li, majko! I ban veli tako. — — Da, izdaše nas — ljudi kršćani! Govorahu klevete na Uskoke — poubiše! Bože milostivi, kako ću se za taj grijeh opravdati? — Da čujemo našega Lenkovića. — I on tako. — Bože! I Daničić da nam pogine? Ima l' nade da će ozdraviti, oče Cipriano?

— Ima, hvala bogu, svjetlosti! — pokloni se Dominikanac.

— Čekajte — stade Ferdinand dalje čitati — Orlović, Orlović? — A da, to, reć bi da je onaj zloglasni Juriša za koga mi je biskup toliko govorio, koga su Mlečići toliko željni. Neće ga imati, vjere mi, neće! Divna li junaka. Čujte, prejasna majko, što piše Lenković: "Ne mogu vašoj svjetlosti dosta nahvaliti vojvodu Jurišu Orlovića, koga je Rabata objesiti htio. Orlović pođe sa šakom valjanih junaka četovati na Turčina u Liku. U nekom klancu sukobi se sa velikom turskom četom, koja se je digla bila da robi po hrvatskom zemljištu. Živa se zametnu sječa, te trajaše pol dana. Juriša zaustavljaše sa trideset svojih ljudi do sto pedeset nevjernika od podne do mraka, te poubi polovicu tih pustih razbojnika. Ostali klonuv duhom, uzmakoše natrag u Liku, i tako bude bijedna Krajina spašena od nemila pogana. Nu malo da to nije Juriša platio glavom. Razigran pobjedom, pohiti dalje u tursku zemlju, izgubiv kod prvog okršaja trećinu svojih vojnika. Kod turskog nekog čardaka zametnu se snova boj, u koji jača sila turska navali. U ravnici, nezaklonjeni ničim, popadahu naši vojnici, i kad napokon preostali uzmicati počeše u bregove, gdje ih je po dogovoru druga uskočka četa dočekati imala, bude Juriša ranjen u nogu i uhvaćen od Turaka, te je svatko mislio da će taj junak kukavno zaglaviti. Mlečići pako i njihovi prijatelji silno se radovahu njegovoj propasti. Nu zamalo pojavi se na svačije veliko čudo vojvoda živ u Otočcu. Ležeći u okovima u turskome čardaku, slušao je Juriša kako se Turci dogovaraju da će ga sutradan povesti agi i nabiti na kolac. Još je i to čuo kako će oni po prah, jer da ga ima samo malo ondje u kutu čardaka. Juriša stavio se kao da spava, te Turci i ne slutili zla. Kad je bilo oko ponoći, svi su već Turci usnuli, samo je jedan stražanin napol bdio, napol drijemao. Lagano dopuza Juriša do stražara i začepiv mu šakom usta, udari mu nož njegova druga u srce. Zatim uze iz kuta prah, spusti se niz stube, priveza smotak praha jednomu stupu na kojem stajaše čardak, zataknu u nj dugu, suhu šibu, zapali je gubom i udasi onako u okovima u bijeg. Udaljiv se jedno trista koraka, zakloni se pod pećinu da vidi što će biti. Ali ujedanput potrese se zemlja, planu plamen sred tamne noći, i čardak i Turci poletješe u zrak, a Juriša izbavi našu Krajinu od nekoliko najljućih krvnika. Oprosti mi Vaša svjetlosti, što toliko toga pišem, ali po tome će Vaše prejasno gospodstvo suditi da li je Juriša Orlović čovjek koji se ima tjerati iz Senja, koga kani Rabata objesiti." — — —

— Grozno! — zadrhta nadvojvotkinja.

— Da, grozno, prejasna majko — odvrati Ferdinand — ali sto puta groznije su muke kojima osmanski vragovi muče nevini kršćanski svijet. Kapetane! Gdje je Rabata?

— Na Rijeci, vaša svjetlosti, otprema vojsku Njegove Svetosti i velikog vojvode toskanskog u Zagreb, da idu na Turke. Nu valjda se je već povratio u Senj.

— Kapetane, hvala vam — nastavi nadvojvoda — a i vama oče! Dođite sutra u ovaj moj dvor da ponesete Orloviću kapetanski patent, i Đuri Daničiću zlatan lanac, i nek se povrati u Senj. Rabati sudit ću sud, suditi i Dominisu, ali to se ne tiče vas, vi šutite. Samo to možete svijetu reći da sam vam poštenjacima poklonio svu svoju milost, a Rabata da ju je izgubio. Dakle sutra dođite. Zbogom!

— A toj bijednoj djevojci — reče Ferdinandova mati — recite da ću joj vazda biti vjernom zaštitnicom, da ću joj povratiti ime, poštenje i zaručnika.

— Tako će biti. Amen! — doda nadvojvoda. — Pa Rabatu htjedoh počastiti hrvatskom generalijom!

XIV.

Bijaše noć, tvrda, mrka noć — ni mjeseca, ni zvijezda, ni neba. Na Orlovu Gnijezdu, na kršnom brdu lomljaše bura jako granje. Kroz tminu drhtahu od Senja grada sitne iskrice, svijeće po senjskim kućama.

U svojoj sobi sjeđaše biskup de Dominis zamišljen, blijed; naprotiv njemu Rabata, nemirno stišući oči, a za Rabatom stajaše Capogrosso.

— Razumijete li to, biskupe? — zapita general.

— Razumijem i ne razumijem.

— Meni je sve zagonetka. Orlović kapetan, i da se povrati; Daničić počašćen, i da smije u Senj! Bojim se — -

— Ali ja se ne bojim — odvrati biskup. — Zagonetku je lasno odgonetnuti. Gradački su ministri vrlo logični. Radi se o tom da se prodaju senjske šume. Gradačka vlada nema novaca — ne može čekati. Ferdinand traži mnogo, Mlečići davaju malo. Da se posao brže svrši, valja Mlečićima zadati nešto straha, Uskoke malo pogladiti. Kad se potpiše ugovor za šume, možete Orlovića vješati bez straha. Shvaćate li?

— Shvaćam, reverendissime — odvrati general — vi umujete posve jasno.

— Istina je — prihvati poručnik — poslovi stoje tako, ali pita se, hoće li prejasna republika pristati, znajući da Posedarića već nema u životu? Svakako je neprilika trpjeti Orlovića u Senju. Od Daničića, čovjeka zaljubljena, nema pogibelji.

— A da — nasmije se Rabata — zaboravih vam javiti da sam se za Orlovića pobrinuo. Svuda kupi se vojska da pođe osvojiti Kanižu. Veći dio moje vojske otići će te neće ostati nego nekoliko kumpanija mušketira. Opasno bi bilo da toli malo vojske bude ovdje, gdje je svaki Senjanin vojnik, gdje je ostalo dosta Uskoka. Valja ih maknuti. Zato sastavih četu od tri stotine Senjana da pođe u Kanižu.

— Gubiti glavu — nasmija se Capogrosso.

— Da. Kadno prije deset dana dođe Orlović po dozvoli nadvojvode u Senj, pozvah ga k sebi. Dođe pod oružjem, mrk. Pozdravih ga, pohvalih ga radi njegova smionstva u Lici. Rekoh mu da ću poslati četu pod Kanižu, i Juriša da će joj biti kapetan.

— A on? — zapita poručnik živo.

— Reče da će se predomisliti i za dva dana odgovoriti.

— A za dva dana? — zapita biskup.

— Dođe i reče da pristaje.

— Čudno — zaklima poručnik glavom — od mlade žene u Kanižu!

— Ne čudim se — odgovori biskup — takav je; nema njemu bez sablje života. Pošaljite ga u pakao, ići će. Kada polazi?

— Sutra — odgovori Rabata.

— Sretan mu put u Turke — nasmije se poručnik.

*

Bijaše noć, tvrda, mrka noć — ni mjeseca, ni zvijezda, ni neba. Kao mrk div dizaše Orlovo Gnijezdo svoju glavu. Po gorskoj stazi verahu se čudne sjene. Sjena za sjenom pope se uz brijeg, sjena za sjenom kao da je propala u brdo na istom mjestu gdje se je kroz suho granje žarila plamena rumen. Propala? Kamo? U utrobi Orlova Gnijezda pukla bje široka, visoka špilja, sigurno utočište vukovima i Uskocima. U sto i sto gomila nicahu kameni rtovi sve više i više, sklanjajući se na vrhu u ogroman svod; na sto i sto mjesta vidio si crnih tragova dima tu od vatre gorskih junaka, koji su ovdje zaklanjali bili svoje kosti od bure, svoju glavu od krvnika. I sad plamsaše sred spilje velika vatra, sterući svoje rumeno svjetlo po bijelim vapnenim šiljcima, po grdnome svodu, po tamnim zakucima, po mrkim licima junaka štono se poredali bili oko žive vatre. Bijahu to uskočki vojvode. Podalje o zidu stajaše Danilo Barbo, prisloniv leđa o stijenu i buljeći u plamen.

Kraj ulaza spilje stražaše stražu Uskok pod puškom.

— Hora je, narode! — reče vojvoda Ive Vlatković trgnuv svoj nož i položiv ga na zemlju.

— Pukao je sud! — odvrati vojvoda Gašo Stipanović i izvadi nož, položi ga unakrst Ivinu.

— Komu je krivo, izađi pred naše lice — zovnu Ive. I uniđe pod sjajnim oružjem, pod crvenom kabanicom jak, visok starac, žuta lica, bijelih brkova. Lijevom rukom držaše kalpak, a desnica mu stajaše na srcu. Ni licem ne maknu, ni okom ne trepnu.

— Meni je krivo, narode, a rad naroda moga — reče Pavle Milovčić.

— Da čujemo rane tvoje, vojvodo! — zapita Ive.

— Evo dolazim pred vas, vojvode čestiti, i skinuh kapu koje ne skidam neg pred živim bogom, da vidite sjedine moje, pa mogu li lagati! Evo dolazim pred vas, pa vas gledam okom u oko, ja koji ni pred kim u zemlju gledao nijesam, pa velju, gatajte iz oka, zborim li istinu. Evo dolazim pred vas i polažem ovu junačku posjeklicu, kojom se dičim, pred vaše noge, pa pala mi od nje glava, slažem li količko je zrno pijeska. I kunem vam se živim bogom na nebu, kunem vam se svetim krstom i rajem vječitim, kunem vam se grobom oca svoga i junačkim imenom. I slažem li, satrla me nebeska visina i proždrla me paklena dubina; ožednio i ne našao kapi; ogladnio i ne našao kore; ozebao i ne našao sunca; izgorio i ne našao hlada; oslijepio i ne našao štapa; poginuo i ne našao groba. Idem iz pustinje od naroda našeg, idem sa tvrda kamena gdje nema kruha ni ruha, idem iz gudure gdje se roče vuci i hajduci, idem iz kuće kojoj je nebo krov, a postelja crna zemljica na kojoj nariču i plaču starci i djeca, majke i udove. Donosim vam suze štono teku za ocem i sinom i vjerenikom koji je sramotno poginuo na vješalima. Donosim vam krvave rane junaka koji bez zaklona uludo gube glave, donosim vam ime naše koje je potamnilo pred svijetom.

— A koga tužiš s toliko krivine, vojvodo.

— Tužim Josipa Rabatu koji nam je satr'o rod i poštenje, koji je u crno zavio naše majke, koji je prevario cara gospodara, koji radi svetu zemlju našu prodati krvnicima Mlečićima. Ja rekoh, a vi sudite!

— Eto čuste, vojvode — reče Ive — šta mu je krivo, a vi sudite, po dobroj pameti i čistoj duši da mu bude pravo.

— Rabata da gubi glavu! — zagrmješe vojvode u jedan glas.

— I meni je krivo i meni sudite — pojavi se pred zborom Đure Daničić pod svijetlom odorom. — Na moju vjeru pravo ću vam reći: objesio je kneza, junaka koji mi zavjerio svoju jedinicu, objesio ga bez suda i pričesti. Ubio tugom staricu majku mu, a mene junaka prognao u bijeli svijet, otkinuv me od vjerenice moje. Ja rekoh, a vi sudite.

— Da gubi glavom! — zaori muklo spiljom.

— I meni je krivo, junaci! — skoči kapetan Barbo. — Bog da mi je svjedok, i ova četiri krsta. Prevario mi na silu sestru, zavjerio joj se i prevario. Ubio sestru, ubio mater, ubio dijete, ubio prijatelja. Sudite!

— Da gubi glavu! — zaori po treći put.

— Vojvode — reče Ive — eto čuste naš sud, i da ste spremni. I da bude tako za tri dana, dok ode tuđa vojska. Da gubi Rabata glavu o bijelom danu, na oči svijeta, ni noću, ni zasjedom.

— Amen! — odgovoriše vojvode.

XV.

Bijaše jutro zadnjeg dana godine 1601. Poručnik Capogrosso koracao je zamišljen prema kaštelu.

— Dosadilo mi u tom pasjem gnijezdu. Ujaka ne vidim nigdje, to je zlo, mora da je blizu, blizu moje glave. Iz Graca nema glasa, nad Rabatom vije se gavran. Da, da, to su oni papiri!

Poručnik prođe kraj straže u kaštel, prođe dugim hodnikom do vrata zadnje kule, do Rabatina stana. Uniđe. Rabata sjeđaše na postelji.

— Što tebe nosi, Capogrosso, u rano jutro? — dignu general glavu. — Jesu li stigla pisma iz Gradaca?

— Nijesu.

— Čudim se. Rekoše mi da će uskoro stići pisma od nadvojvode da budem hrvatskim generalom, nu još ništa. Već sam Senja sit.

— I ja dovrh glave — odgovori hladno poručnik.

— A što si došao?

— Da vam pravo kažem, illustrissimo, dođoh da zatražim svoj otpust.

— Otpust? — začudi se Rabata.

— Pa da! Uskoke ukrotiste. Glave im poubiste. Orlovića otpraviste sretno prije četiri dana put Kaniže, odakle se nikad povratiti neće. Prekjučer ode i vaša vojska. Pa vi ćete i onako na generaliju u Karlovac. Hvala vam dakle za svu milost — -

— Pa zašto ne bi ti sa mnom?

— Bih od srca rado. Ali vidite, rođaci mi priskrbiše kapetaniju u firentinskoj vojsci, i žele da budem kod njih. Pa moje zdravlje! Loše je, loše u tom hrvatskom zraku, šta tek, da dođem među medvjede u Karlovac? —

— Ne razumijem te! — začudi se Rabata. Ali u taj par zaori iznenadna mukla bubnjava.

— Šta je to? — dignu Rabata glavu.

— Koji je to bijes? — opetova poručnik — ta danas nema ni parade ni službe, pa to nije mušketirski bubanj. To zvoni kao da Neapolitanac vodi medvjeda. Sad ćemo vidjeti! — reče Capogrosso i izleti na vrata. Za nekoliko časaka povrati se blijed.

— Generale! — viknu — Uskoci ulaze u grad!

— Jesi li poludio? Kakvi Uskoci?

— Tri kumpanije pod zastavom i bubnjem, a pred njima Juriša!

— Ju-u-riša! Jesi li poludio? Ta on je na putu u Kanižu! — izvali Rabata velike oči.

— Juriša je u Senju! Vidjeh ga na svoje oči s prozora. Čini mi se da ide k vama.

Rabata provuče rukom čelom, prođe dva-tri puta sobom, pa će zatim:

— Poteci! Njega pusti! Nikoga drugog. Mušketiri da su spremni. Bubnjar neka zabubnja.

— Trista im! — lupnu poručnik jarostan nogom i ode po zapovijedi.

Za jedan čas uđe u sobu Juriša Orlović.

— Božja vam pomoć, generale!

— Odakle vi, kapetane? — zadrhta Rabata.

— Upravo s puta. Dođoh do Karlovca.

— Pa kako ste smjeli?

— Predomislih se. Ne idem u Kanižu — dignu Uskok otresito glavu.

— Ne idete, kad ja zapovijedam?

— Ne idem.

— Zašto?

— Jer Senju obrane treba od Mlečića i izdajica.

— Orloviću! — zaruknu Rabata — to će vas stajati glave.

— Pa dobro! — slegnu Uskok ramenima.

Rabata skoči k vratima i zavikne:

— Stražo!

— Na zapovijed! — uniđe potčasnik mušketira sa četiri momka.

— Odvedite toga zlikovca. Uzmite mu oružje. Zatvorite ga u tamnu kulu kraj vrata.

— Do viđenja, Rabato! — nasmija se Orlović i ode mirno.

Kao tigar za rešetkom obilazio Rabata po svojoj sobi. Poručnik uniđe.

— Šta je? — otresnu se Rabata.

— Sa Vratnika vodi Pavle Milovčić iz Otočca četiri kumpanije Uskoka.

— Za jednu uru da ste mi objesili Jurišu.

Na trgu pred kaštelom vrvjela je sila naroda muškog i ženskog, sve plaha i čudna lica. Jošte bijahu vrata kaštela otvorena. Sa trga se vidjelo kako straža preko dvorišta vodi Jurišu u zatvor — u kulu. Sad iziđe na dvorište bubnjar i zabubnja na okup. Sa svih hodnika doletješe mušketiri u dvorište. Sad se poredaše. Sad napuniše puške, i ujedanput zaklopiše se štropotom teška vrata kaštela.

— Ubit će Jurišu! — orilo se po gradu. — Ljudi, Rabata nam ubi Jurišu! Pomozite! Spasite! — Ha! Na Velja vrata uniđe Pavle Milovčić.

— Zdravo, junaci! — vikaše narod. — Stan'te! Pomozite! Pogibe Juriša! U kaštelu je!

— Stoj! — zagrmi Pavle trgnuv svoj nož, i četa stade. U isti par ozivaše se bubanj od stolne crkve. Trkimice doleti na trg Jurišina četa, i na čelu joj junak Đure Daničić visoko dižući sjajnu sablju.

Gologlavi, bez kabanice, koji nožem, koji puškom u ruci, dojuriše smioni junaci. Na trgu se ustave.

— Punite puške! — zagrmi Daničić.

— Punite puške! — opetova starac Milovčić.

— Ukraj! Ukraj! — prodiraše očajan glas zrak. Blijeda, drhćući, suznih očaju protiskivaše se kroz svjetinu Dume. Oči joj sijevahu divljim plamenom, kosa joj padaše raščupana niz ramena, suknja joj se vijaše zrakom i, šireći bijele ruke, vriskaše da ti srce pukne:

— Jurišo! dušo! Gdje si! Gdje si! Jao, ubiše te! Ubiše te!

Žena dođe na trg. Vrata kaštela zatvorena. Grčevito uhvati kosu, stiskivaše rukom srce svoje klimajući glavom. I kleknu pred Uskoke vičući:

— Boga vam živoga, pomozite!

— Na juriš! — zapovijedi Daničić, dignuv sablju.

— Stani! — zakrči ga Milovčić — šta ćeš na juriš? Vrata su tvrđa od kamena.

— Ha! — skoči Dume — gledajte, kod zida stoji top. Pun je! Pomozite!

Deset Uskoka baci puške i nože, i pohrli k topu. Lumbardaš zapali šibu da ga ispali na narod, ali ga uskočka puška sastavi zemljom. Uhvatiše top. Dume trgnu goreću šibu iz ruku mrtvoga topnika i dižući je uvis vikaše:

— Naprijed! Naprijed!

Dovukoše lumbardu na trg. Milovčić je namjeri. Sad! Zavitlav u zrak šibu, primaknu je Dume prahu. I planu i grmnu. Bijeli dim sunu u zrak, i gvozdeno zrno raskrha hrastova vrata. Bubnjevi zabubnjaše.

— U ime božje! Juriš, junaci! — zamahnu Milovčić nožem, i kao bura sasu se razjarena četa na kaštel. Pod vratima stajahu dvije kumpanije mušketira kao zid.

— Pali! — zakriješti Capogrosso, i dvjesta pušaka planu na Uskoke. Koji jauknu, koji vrisnu! I pade ovaj, i pade onaj; koji klonu na koljeno, koji se uhvati za srce, a svjetina raspuhne se kao pljeva. U top se upiraše Dume, hvatajući se za srce.

— Juriš! — zagrmi Daničić, i kao bujica zahuji njegova četa put vrata, i stade zveket, i stade trijesak, i stade grom, i stade jauk, i stade škripanje, i molitva i kletva i izdisaj. Časak, i borba umuknu. Gle, iz vrata izađe Daničić i vodi za ruku — junaka — kapetana — Orlovića.

— Spašen! — kliknu Daničić.

— Zdrav bio! — klikovaše narod, a Dume — Dume — pohiti — poleti — kao vila — kao strijela i, kleknuv pred svoga druga, jecaše kroz plač:

— O moj — moj — dane — moja zvijezdo!

Po dvorištu kaštela tecijaše krv, ležahu kacige, sablje, klobuci, noževi, puške. Dvije kumpanije isiječe uskočka ruka, dvije stotine nevinih žrtava Rabatina izdajstva. A on? Deset Uskoka pojuri golim nožem uz stepene kaštela, pred njima Pavle Milovčić. Sad dođoše dokraj hodnika, do stražnje kule. Vrata bijahu zaključana. Od jednog kundaka padoše. U sobi stajaše Rabata. Raširiv krakove, držaše desnicom mač, ljevicom malu pušku. Kosa mu visijaše niz čelo, lice požutjelo, usne blijede, a velike bijele oči da će mu skočiti iz glave.

— Glavu daj! — zavapi Milovčić.

Rabata dignu malu pušku na vojvodu. Oroz caknu, ali puška ne planu. Nu kao munja namjeri se deset pušaka na Rabatina prsa. Planuše. Rabata klonu na koljena.

— Vjerujem u bo... — zamrmljaše mu blijede usne, ali u taj par zabljesnu nož, glava mu odskoči, i mrtva trupina svali se u krv.

— Gdje mu je desna ruka — prokleti Mlečić? — zapita vojvoda.

— Tražite — tražite, da ne uteče.

— Evo mu kape! — skoči Uskok vojnik.

— Kod kamina? Otvorite vratašca! — Ništa! Uđite!

Vojnik se uvuče u otvor i pogleda uvis.

— Je li? — zapita Milovčić.

— Jest — odgovori vojnik.

— Mjeri!

Vojnik dignu pušku, ispali i skoči iz otvora. Nešto jauknu, i kao kamen pade iz dimnjaka Capogrosso. Zrno mu probi glavu.

— Strgnite mu časno odijelo, nije ga vrijedan! — I vojnici strgoše časničko ruho, ali pod ruhom pojaviše se na crnoj kadifi srebrna pismena C. D. X. — consiglio dei dieci.

Gromom oživaše se narod kad vojnici staviše nad vrata kaštela krvavu glavu izdajice — Josipa, a kad mu neki vijećnici htjedoše prenijeti drugi dan tijelo u stolnu crkvu sv. Jurja, razbjesni se ženskad senjska i baci nevrijednika iz hrama božjega.

— Još jedan da nam u šake dođe! — reče starac Milovčić — biskupa da kako ugrabimo, da ne odnese žive glave, jer on je istočnik svega zla.

— Jest — odgovori Orlović — ali njega tražite badava. De Dominis, sluteći na krvavi sud, ukloni se zarana i pusti u škripcu samo slijepo svoje oruđe — Rabatu. Tijela ubismo — ali duša pobježe.

U Senj povratiše se Uskoci, u Senj se povrati tihi blagi mir. I opet šetala po zidinama uskočka straža, i opet stajaše pred kaštelom Uskok pod sjajnom puškom, a nad njim o mjesečini blijeda, krvava glava Rabatina, kao što je prije godinu dana stajao mušketir pod krvavom glavom junaka Martina Posedarića. Gradom zapovijedahu izmjenice vojvode, dok ne dođe carski kapetan Tršćanin Francol, koga Uskoci lijepo primiše, koji im vraćaše milo za drago.

— Jurišo! — reče Dume zagrliv svoga muža — ah, sretna li sam što te ovako grlim bez straha, što te grlim od srca, ne bojeći se krvnika. Moj si, moj do moga groba!

— I ti do moga groba moja! — odvrati kapetan poljubiv ženu u čelo — ti si me spasila, dušo! Prosnismo strašan, krvav san. Slava bogu, probudismo se; ah, da se svi probudiše! Ali sad barem svijet zna što valja senjska ruka.

— Slava bogu! — doda stari Pavle Milovčić. — Slava mu i dika te će ove stare moje kosti počivati u svetoj zemlji koja me je na svijet porodila.

XVI.

Godina bila uminula, godina mira i pokoja. Milo sijevaše proljetno sunce kroz gotske prozore fratarske crkve, blješteći veselo nad grobnicama senjskih junaka, nad mramornim kipom Bogorodice u fratarskoj kapeli. Kraj majke božje gorahu dvije voštanice. Bijaše toplo, voljko i milo, kao sladak san o zori. Crkva bijaše prazna. Ujedanput zazveknuše taracom junačke sablje. Pred oltar bogorodice kleče junak u sjajnoj odori pod junačkom sabljom, junak visoka čela, žarka oka, vranih brkova, pred oltar kleče djevica, slatka, sumorna pogleda. Življe zaigralo sunce terepereći o srebrnim tokama mladića, o zlatnoj kruni djevice, o žarkoj suzi štono drhtaše poput alema u crnome joj oku. — A oko njih poredaše se plemići i vlastela, a uz njih stojaše kapetan Danilo Barbo. Pred oltar stupi franjevac, otac Viktor, i zapita mladića:

— Đure! Ljubiš li tu poštenu djevicu?

— Ljubim! — odgovori junak smiono, a oko mu planu poput munje.

Zapita fratar mladicu:

— Klaro! Ljubiš li toga poštenog mladića?

— Ljubim! — dahnu djevica, kao kad ranim jutrom dahnu rosna ruža.

*

U kući Posedarićevoj razilaze se svatovi.

— Sreća vam cvala, mladenci moji! — reče na odlasku kapetan Danilo — ej, da je moj pobratim Martin živ! Koliko radosti! Ali mu je opet obraz svijetao pred svijetom, to je priznao i sam car. A Dominis, crn mu obraz, jede mletačku plaću za svoje izdajstvo na stolici splitskoga nadbiskupa. Zbogom, djeco! Kasno je. Sjutra valja mi se vratiti na službu, na Rijeku!

Đure i Klara ostaše sami. Kroz otvorene prozore drhtala mjesečina, milen vjetrić lepršao od mora. Junak zagrliv mladu ženu povede je nježno pred sliku kneza Martina, na kojoj je čudno igralo noćno svjetlo.

— Blagi duše junačkog mučenika — dignu mladić glavu prema slici — evo me pred tobom sa tvojom jedinicom, mojom Klarom. Svetom ti se zakletvom zakleh za tvoga života da ću je ljubiti i braniti. Primi i opet zakletvu moju, svrni okom na nas, oče, blagoslovi! Čudno zatitra mjesečina na slici, a jecajući pusti Klara glavu na junačke grudi mladića.

— Đure, moj Đure! — dignu nakon časka glavicu. — Evo zlatnog lanca što mi ga dade pokojna baba. Jedan rubin bio je ispao prije godine dana, jučer ga nađoh opet i dadoh ga staviti u lanac. Uzmi ga, stavi ga pod ključ, da nas nikad ne ostavi sreća!

— Nikad, dušo! — zagrli vojvoda Klaru.

XVII.

Dne 21. prosinca 1614. skupi se na trgu "Piazza de fiori" u Rimu silna svjetina da se nagleda neviđena čuda, da pogleda kako će se sažgati na lomači pod vedrim nebom mrtvo tijelo.

Zar kakvog trijumfatora rimskog? Ne, tijelo prokletnika. Silno buktaše plamen, silno se vitlaše crni dim nebu pod oblake. Četiri crnoruhe sluge doniješe na ramenima crnu mrtvačku škrinju bez imena, bez znaka, bez krsta. Otkriše škrinju. U njoj ležaše prekrštenih ruku bradat crkovnjak, tamne žute puti u svilenom odijelu; svjetina uzmaknu prekrstiv se, a sluge baciše truplo u plamen. Življe uzigra plamen, življe praskaše lomača, crnje vijaše se dim pod čisto nebo. I lomača izgori do pepela, i svijet se raziđe, a jasna noć steraše se stratištem. Do lomače dovuče se zgrbljen visok starac bijele glave — dominikanac, i stade štapom raskapati pepeo, sve klimajući glavom.

— Oče! — zapita ga čovjek, pristupiv k redovniku — šta tražiš? Dignuv glavu, pogleda redovnik čovjeka.

— Oprosti! Ja sam stranac. Koga to spališe?

— Dominisa.

— Zar slavnoga učenjaka i biskupa?

— Slavnoga?

— Tako govori svijet.

— Reci: izdajicu. Bude pastir narodu svomu — izdade ga radi sebe. Bude vijećnik caru — izdade ga radi sebe. Bude protestant i prijatelj engleskomu kralju protestantu — izdade novu vjeru i novoga prijatelja radi sebe, bude opet katolikom radi sebe. Po njegovoj smrti osudi ga inkvizicija, a danas izvukoše ga iz dominikanske rake i tu ga sažgaše. Vanitas, vanitatum vanitas! — nasmiješi se redovnik gorko.

— Ti si ga poznavao?

— Da, za mladosti bijasmo veliki prijatelji, a poslije, ondje na hrvatskom kršu — ljuti vragovi. Bijaše veleum.

— A što tražiš po pepelu?

— Srce tražim, srce! Nema ga! — odvrati redovnik Cipriano mirno, zatim koracaše polako put samostana, doviknuv čovjeku:

— Vanitas, vanitatum vanitas! Laku noć stranče!

XVIII.

Ljeto za ljetom minulo, sunce za suncem ginulo, prohujiše vjekovi, utonuše svjetovi, i svjetobornog zlatnog lava, tu besmrtnu krilatu zvijer, probode mač imperatora Korzikanca, i zlatna barka duždova razbi se u jadranskim talasima, a grimizna joj jedra raznese bura. Vanitas, vanitatum vanitas!

Prohujaše vjekovi, a u pustoj fratarskoj crkvi u kamenom Senju stajaše hrvatski sin, poniknute glave, plaha srca. Bijaše tu pusto, bijaše nijemo. Ne ori se više visokim svodovljem pobožni mrmor fratara. Nema ih više. Hrvatski zmaj, Đuro Lenković, podignu im taj kameni stanak, još mu je utisnut junački biljeg na čelu svetoga hrama — ali nema ih više. Gledaj! kako rumeni žar večernjeg sunca viri na visoke prozore u crkvu, prostirući rumenilo svoje pločama, kao da si ruže prosuo po kamenu. Pristupi bliže! Vidiš li po kamenu biljega? Napol pogaženi, napol izbrisani. Čiji su, koga li kriju? Slavni biljezi, sjajni biljezi, hrvatski sine, drevna, besmrtna svetinja tvoja. Čitaj! Pod žarkim ružama večernjeg sunca drijemaju vojvode senjski, drijemaju slatko u slobodnoj mirnoj postelji, snivaju slatko sanak o slobodi, koje im ne spregnu ni zlatna Venecija ni krvnik Osmanlija. Čuj! Ne zazveknuše li u grobovima sablje? Gle! Ne dižu li se ti kamenovi od sebe? Ne niču li o večernjem žaru i crne rake silni divovi pod svijetlim oružjem, pod srebrnim tokama, ne trepere li o zažari rujnoj zlatne čelenke? Recite, orijaške sjene, što vas mami iz slobodnog groba? Što teče snova vrela krv iz mrtvog srca? Što sinu ispod drijemnih vjeđa munja i suza? Razumijem grobni taj šapat. Sinu li krst na svetoj Sofiji? — pitate vi. Ah, da vam je besmrtno tijelo, kao što je ime? Uminuše. Drijemaju opet. Čudnu ljuljanku pjeva im bura. I ona utihnu. Poput rubina počiva glatko sjajno more; o crnoj obali otoka blisiče srebrna pjena, kao galeb krile se morem bijela jedra, i na jugu diže divska ramena pod kristalno, zvjezdano nebo Velebit, oltar hrvatske slobode. A maslinom šapuće vjetrić starinsku pjesmu, šapuće: Čuvaj se senjske ruke! U utrobi gore plamti tajanstven plamen, govori narod, a piri ga božja ruka; tvrdi se kamen ražari, propne, zadršće, zatresne, zagrmi, a s vrhova zaurla bjesomučna bura, i grabi more iz dna da poprska zvijezde, da tjera lađu tuđinku od rodnoga kraja. Kroz gromove, jauk i urnebes čuješ starinsku pjesmu, bura pjeva: Čuvaj se senjske ruke! Sine hrvatski! I u tvome srcu gori božji plamen, i tvoje grudi su kruti kamen; sine hrvatski, pamti do groba svetu starinsku pjesmu:

Čuvaj se senjske ruke!

AUGUST ŠENOA

August Šenoa (Zagreb, 14. 11. 1838 — Zagreb, 13. 12. 1881) bio je hrvatski romanopisac, pripovjedač, pjesnik, kritičar i feljtonist.

Najutjecajniji je i najplodniji hrvatski pisac 19. vijeka i istinski tvorac moderne hrvatske književnosti — dovoljno je reći da je prvi pravi hrvatski romanopisac (djelo Petra Zoranića, Planine, samo uvjetno možemo nazvati romanom), autor obimnoga korpusa romana, tog egzemplarnoga žanra savremene literature, inovator proze i tvorac razvijenog urbanog jezičkog standarda (često je naglašavana Šenoina uloga kao jezikotvorca, čovjeka koji je više učinio za elastičnost i izražajnost savremenog hrvatskog jezika od legije rječnikopisaca i purističkih savjetodavaca). Zbog njegove veličine i udjela kojeg je imao u hrvatskoj književnosti, razdoblje oko njegove smrti naziva se Šenoino doba.

Augustov otac, Alois Schönoa, Nijemci iz Češke, doselio se u Zagreb 1830, gdje je radio kao biskupski slastičar, a majka Terezija pl. Rabacs, Slovakinja iz Budimpešte, umrla je kad je imao 8 godina.

Pučku školu i gimnaziju pohađao je u Zagrebu i Pečuhu, a studirao je pravo u Pragu i Zagrebu, no studij nije završio. Nakon uređivanja listova u Beču, vraća se u Zagreb 1866. i radi u uredništvu "Pozora", a potom kao gradski bilježnik i gradski senator. Bio je direktor i dramaturg u Hrvatskom zemaljskom kazalištu (prethodnici HNK-a), urednik društveno-književnog časopisa "Vijenac" i potpredsjednik Matice hrvatske. Prevodio je s njemačkog, francuskog, češkog i engleskog jezika.

Šenoa se okušao u svim književnim vrstama i velikom broju je ili "zaorao" prvu brazdu ili ostavio pisanu baštinu koju su kasniji pisci nasljedovali (a nerijetko se i pokušavali osloboditi autorova utjecaja). U javnosti se prvo pročuo kao novinar dopisima iz Praga za "Pozor", naročito političkim člancima i feljtonima "Praški listovi". 1862. Šenoa udara temelje modernom hrvatskom feljtonu, osigurava mu dignitet i pretvara ga u eminentno literarni žanr. U seriji feljtona Zagrebulje (Pozor", 1866-67; Vijenac, 1877, 1879-80) izražajnim stilom i razornim satiričkim diskursom komentira aktualne, često negativne pojave u zagrebačkoj svakodnevnici: odnarođenost, njemčarenje, licemjerje i konformizam. Feljtoni su imali velikog odjeka u javnosti, a javili su se i brojni oponašatelji (Rikard Jorgovanić, Kovačić), ali će tek Matoš ne samo nasljedovati nego i razviti tip Šenoina podliska.

Na Šenoinu žurnalističku fazu prirodno se nadovezuje kritičarska praksa. Uz male prekide djeluje 20-ak godina kao teatarski kritik, dajući hrvatskom glumištu presudne poticaje. Prokomentirao je više od 700 izvedaba, iznoseći — prvi u Hrvatskoj — relevantne sudove o svim bitnim sastavnicama teatarskog čina (glumi, režiji, scenografiji, scenskom govoru). U manifestu "O hrvatskom kazalištu" ("Pozor", 1866) daje ne samo analizu stanja u našem glumištu nego i program njegovog budućeg razvoja. Izrazito antigermanski raspoložen, Šenoa traži radikalan zaokret prema klasičnoj i savremenoj francuskoj, italijanskoj i slavenskoj, te izvornoj hrvatskoj dramskoj književnosti. Svoje će repertoarsko-teatarske zamisli pokušati provesti u djelo prvo kao član teatarskog odbora, a zatim i kao umjetnički direktor i dramaturg Hrvatskog zemaljskog pozorišta. Uspio je samo djelomično: doveo je na scenu klasike (Shakespearea, Molièrea, Schillera, Goethea) i savremene francuske autore (Sardou, Scribe), ali su ga prilike ipak prisiljavale na repertoarne kompromise s malobrojnom zagrebačkom teatarskom publikom.

Šenoino djelovanje na dramskom polju ograničeno je na jedno djelo — komediju iz zagrebačkog života u 3 čina "Ljubica" ("Pozor", 1866; praizvedba 1868). U njoj tematizira urbanu sredinu s nizom karakterističnih, no prilično šablonski oblikovanih likova. Posrijedi je, zapravo, dramatizirani feljton, zbog eksplicitnosti kritike često na rubu scenskog pamfleta. No — iako je doživjela neuspjeh i kod kritike i teatarske publike, "Ljubica" predstavlja prvi pokušaj da se hrvatskoj sceni prikaže savremeni zagrebački život s nizom realističkih portreta

Najveći je umjetnički domet ostvario kao romanopisac. Šenoa je uveo roman u hrvatsku književnost i odgojio publiku čitaoca kojoj je ta, u Evropi druge polovine 19. vijeka dominantna književna vrsta, postala omiljeno štivo. U skladu s literarnim programom koji je formulirao u kritičko-polemičkom tekstu "Naša književnost" 1865, Šenoin veliki romaneskni projekt usmjeren je na građu iz hrvatske historije te na savremene događaje. No historijski romani zauzimaju ipak središnje mjesto u njegovom opusu. Napisao ih je 5: Zlatarovo zlato (1871), Čuvaj se senjske ruke (1875), Seljačka buna (1877), Diogenes (1878) i Kletva (1880-81 — nedovršeno djelo). U njima tematizira događaje iz različitih razdoblja hrvatske historije: sukob između Stjepka Gregorijanca i Zagrepčana u 16. vijeku sa središnjom pričom o ljubavi između plemića i građanke (Zlatarovo zlato), važnu epizodu iz uskočke historije početkom 17. vijeka (Čuvaj se senjske ruke), veliki sukob između feudalaca i seljaka u 16. vijeku (Seljačka buna), političke spletke u habsburškoj Hrvatskoj u 18. vijeku (Diogenes), događaje iz 14. vijeka koji su preusmjerili hrvatsku historiju (Kletva). Djela slijede model historijskog romana koji je u evropsku književnost uveo Walter Scott. Bit je toga modela u vjernoj rekonstrukciji historijskih zbivanja na temelju istraživanja autentičnih dokumenata i historijskih izvora. Cilj je pokazati kako su neke ideje, društvene okolnosti, raspored političkih snaga djelovali u određenom vremenu i oblikovali život običnih, malih ljudi. No, uza svu sličnost, Šenou od Scottovog modela dijele i neke bitne razlike: hrvatski romanopisac djelovao je u drugačijoj nacionalnoj, a i evropskoj književnoj klimi (ne smijemo zaboraviti da je Šenoa mlađi savremenik Dostojevskog i Flauberta).

Iako je historijski roman u onodobnoj hrvatskoj javnosti imao uglavnom budničarsku ulogu, a sam je Šenoin književni program i bio na toj crti, valja primijetiti da ga je, za razliku od trijeznog škotskog romansijera, strast nerijetko ponijela u opisu situacija, što je imalo dugoročno plodotvoran učinak. Šenoa nije pisac psihološkoga realizma ukotvljenoga u historijske situacije (pa ni psihologiziranja romantičarskog uklona, majstori kojega su francuski i engleski pisci kao Benjamin Constant ili Charlotte Bronte). Ni autor ni publika nisu imali vremena ni sklonosti za prikaze interioriziranih svijesti ili problematiku raskoljenog individuuma. Čitaoci su tražili, i dobili, rekreiranje događaja koje će osnažiti i obogatiti nacionalnu svijest. Šenoa je pisac velikih gesti, crno-bijelih likova, patosa koji je teško podnošljiv modernom senzibilitetu. No, istovremeno, on je tvorac monumentalnih masovnih scena, vrtoglavih prijeloma i preskoka u radnji, živopisno ocrtanih sporednih likova, te jezičke invencije koja u bujici protoka događaja ostavlja dojam vitalnosti i snage kakvu ne nalazimo kod njegovog škotskog uzora. Šenoino romaneskno stvaralaštvo izraz je vitalizma "profesora energije", koji je lomio skučene okvire onodobne provincijalne i provincijske Hrvatske; djelo važno ne samo kao historijski dokument, nego i živo u snazi zamaha koji sve njegove spisateljske nedostatke (površnost, patetiku, teatralnost) baca u sjenu kao nevažnu brljotinu na fresci. Šenoin model historijskog romana izvršio je velik utjecaj na hrvatsku pripovjednu prozu i on će dominirati hrvatskim romanom sve do početka 20. vijeka. Mnogi su pisci oponašali njegovu strukturu i tehniku (Josip Eugen Tomić, Eugen Kumičić, Viktor Car Emin, Zagorka i dr.).

Velik uspjeh postigao je i svojim povjesticama — pripovjednim djelima u stihu s motivima iz historije (Propast Venecije, Petar Svačić, Šljivari, Anka Neretvanka, Vinko Hreljanović) ili iz narodne predaje (Božja plahtica, Kameni svatovi, Kugina kuća, Postolar i vrag). Karakterizira ih lahkoća izraza, gipkost stiha, naglašena ritmičnost i često humoristički ton. Namjera im je ista kao i kod historijskih romana: da budu sredstvo nacionalnog odgoja i prava škola rodoljublja.

U romanima i pripovijetkama s građom iz savremenog života tematizira konkretne socijalne, političke i etičke probleme svoga vremena: privredne i moralne odnose između sela i grada (Prosjak Luka, 1879), raspadanja zadruga i život seljaka u okolini Zagreba (Barun Ivica, 1874), moralno i materijalno propadanje plemstva (Vladimir, 1879), odlazak seljačkih sinova na školovanje u grad te njihovo uzdizanje na društvenoj ljestvici ili propadanje (Prijan Lovro, 1873), nemoral i rasipništvo u građanskim krugovima (Ilijina oporuka, 1876), tragedije i zanose naših učiteljica u prosvjećivanju sela (Branka, 1881). U tim djelima insistira na psihološkoj i socijalnoj motivaciji, pa je i fabula realizirana tako da pokazuje razvoj, karakter i motive djelovanja likova. Zbog naglašene društvene kritike i analitičnosti, zbog interesa za klasne odnose i za aktualna kretanja na političkoj pozornici svoga vremena, ali i zbog načina modeliranja zbilje, njegov se stvaralački pristup već približava realističkoj paradigmi. No, i ovdje valja primijetiti da po svom habitusu Šenoa nije bio protagonist realističke poetike, bilo estetske provenijencije, kakva je dominirala u Francuskoj, bilo etičkoreligijske, koja karakterizira veliki ruski roman onog doba. Unatoč tome, njegova djela savremene tematike počeci su hrvatskog realizma, temelji škole koju su, uz preinake, dalje razvijali

Ante Kovačić, Vjenceslav Novak, Ksaver Šandor Đalski i Milutin Cihlar Nehajev. Svi su hrvatski realisti izašli iz Šenoine kabanice, svi su razrađivali njegovu tematiku, ugledali se u njegove likove, situacije i zaplete.

Slabije su mu uspjele lirske pjesme, koje zauzimaju važnije mjesto samo u prvim godinama njegovog stvaralaštva. Manje je značajan kao ljubavni, a više kao politički i socijalni pjesnik. Šenoa je u mnogim pjesmama izražavao pokretačke ideje svoga doba i politički program Strossmayerovog narodnjaštva (Na Ozlju gradu, Hrvatska pjesma, Budi svoj!, U slavu J. J. Strossmayera, Klevetnikom Hrvatske, Hrvat Bosni i dr.). Bitno je napomenuti da je Šenoa i osnivač moderne hrvatske kajkavske dijalektalne poezije. Napisavši u manje od 20 godina opus od preko 20 svezaka, Šenoa je zasnovao modernu hrvatsku književnost na svim poljima.

Djela

- 1865 — Naša književnost
- 1866 — Ljubica
- 1867 — Zagrebulje
- 1871 — Zlatarovo zlato
- 1873 — Prijan Lovro
- 1876 — Čuvaj se senjske ruke
- 1877 — Seljačka buna
- 1878 — Diogenes, Karanfil s pjesnikova groba
- 1879 — Prosjak Luka
- 1882 — Kletva — posthumno (Tomić)

Manufactured by Amazon.ca
Bolton, ON